孤独という名の生き方

ひとりの時間
ひとりの喜び

家田荘子

さくら舎

まえがき

「孤独」というと、最近では「孤独死」とか「孤独生活」といったマイナスのイメージで捉(とら)えられがちです。また、「孤独な人ね」と優越感(ゆうえつかん)に浸って悪口を言う人もいます。

でも、「孤独」の本当の意味は違うのではないでしょうか。

「孤」という文字は、自分で実らせると表わします。一方「独」は、獣と虫です。個性が強く、特有の才能を持ち、あるがままに熱中して生きるという意味に繋(つな)がります。「孤独な人」というのは、独りですごすことの楽しさも知っている人、ひとりの時間を自分らしくすごすことのできる、味のある人ではないかと私は思うのです。

人と同じことをし、流行に流され、皆と一緒でいることに安心を感じる人々が、とても多いこの世の中で、孤独を受け入れられる人というのは、人に媚(こ)びず、自分自身をよく理解した上で、ひとりでいる時間を大切に生きている人だと私は思います。それは、皆と同じようにあわせて生きたい人より、不器用で難しい生き方をしているかもしれません。

世の中には、裏と表、善と悪など、背中あわせのものやことが必ず存在します。人に囲まれているのが好きな人が多くいるように、孤独の時間が好きな人も多くいます。でもそれは、孤立しているのではなく、社会と繋がりを保ちながらも、自分の空間や時間に対して、特にこだわりを持っている人たちではないかと思うのです。

孤独があるから社会生活を大切に捉えることができる、孤独の意味をよく知っているから責任感があり、人にやさしくしてあげられる――そういう人たちを「孤独という名の生き方」をしている人と呼ぶのではないでしょうか？

人に囲まれている人だって、孤独はあります。たとえば経営者は、仕事の上で大変な孤独です。ユニットで活動している芸能人も、競争世界で実はひとりひとりとても孤独なのです。

「孤独」というものを怖がらず、孤独から逃げたりあと廻しにしたりしないで今、自分を見つめ直してみませんか？　人とすごす時間も、ひとりですごす時間も、もっと楽しくなるかもしれません。

家田荘子（いえだ しょうこ）

孤独という名の生き方◎目次

第二章　孤独が生きる喜びを生む

第三章　ありのままの自分がいる

第四章　ひとりで一歩を踏み出す

第五章　いいことを考えるといいことがある

四

孤独という名の生き方

——ひとりの時間　ひとりの喜び

第一章

ひとりという大切な時間

一

易者の予言

「あなたはねぇ、一生仕事をするタイプだけど、その代わり孤独な人生を歩むね」
私が二二歳のころ、言われた言葉です。京都の高台寺の向かいに、「京・洛市『ねね』」というお店や美術館の入っている一角があります。そこに三面大黒天様を祀ったお寺（圓徳院）が隣接しています。そのお堂の隣で川井楚山先生（平成二八年逝去）が、私の高校時代より、もっとずっと前から易学をされていました。

手相と生年月日と名前の画数で将来を見ていただいて以来、京都へ来ると、立ち寄ったりしていました。いつもお客様が待っていらして、そのまま帰ることもよくありました。

私は、女優になりたかったのです。性格が暗く、子どものころから「明るくなれ」と親や先生によく言われていたので、女優さんなら、明るい女性のお芝居がやれると思ったのです。

ところが、映画の仕事をいただき、宣伝のために出版社の雑誌編集部にひとりで売り込みに行くと、記者の人に「書いてごらん」と言われてしまいました。書くことにまったく興味がないけれども、出版社に出入りしていれば、カメラマンの目に止まるかもしれない。そんな不純な動機（どうき）から、取材記者になったのですが、その後、女優の仕事がまったくきませんでした。書く仕事を一つしたら、女優の仕事がまた一つ遠のいたようで、「私は女優になりたいのに、これじゃイヤだ」と、川井先生の所へ相談に行きました。ところが川井先生は、

「何も道を一つに決めることないじゃないですか。来た仕事をやっているうちに、自然と道が決まってくるものですよ。でも仕事がしづらいといけないから、名前を二つ作って区別しましょう」

そうおっしゃるのです。つまり、道はいくつあってもいいと……。そうして本になったときに、作家らしい雰囲気を持つ名前として「家田荘子」をいただきました。もう一つの女優名は、名刺まで作ったものの、以後、一度も仕事で名前を使う機会はきませんでした。その二つの名前をもらったときに私は、「孤独な人生」のことを初めて言われたのです。

仕事をしていけるということは、とても嬉しい将来です。でも、

「私、仕事ばっかりしてて結婚もしないのですか？」

と、落ち込んで尋ねたところ、

「結婚しているから孤独じゃないとは限らないでしょう。仕事を一生していけるけれども、孤独なんですねぇ、あなたは」

と、言われました。まだ取材記者になりたてで、作家になるなんて夢にも想像したことのないころです。私は一体どんな仕事を一生していくのだろうと、わけが判らないまま、三面大黒天様にお参りをして、トボトボと帰路につきました。

孤独に追い込んでいかないと書けない

作家になって、川井先生に言われた意味がよく判りました。本当に孤独な職業です。ひとりで取材に行って、ひとりで机に向かって、自分の骨身や過去を削り、自分自身を追い込みながら原稿を書いていく、本当に孤独な仕事でした。

私の場合、何度結婚しても、なぜか別居結婚状態になります。四度目の結婚にして、やっと「いい夫」に私は恵まれましたが、それでもお互いに仕事第一なので、隣町という近

距離の別居同然結婚です。

けれども、原稿を書くには、私にとってそれが一番いい環境なのです。孤独な自分に追い込んでいかないと、人の大事な人生を描いていくことは私にはできません。幸せすぎては、満たされすぎていては、光の当たっていない世界や人のことを描くことに向きません。私の心の中のどこかに穴が開いて、すきま風が吹いているような状態でなければ、もがきながらも頑張ろうとしている女性たちの人生を深くえぐって書くことなどできません。

私が作家になってからも、また、結婚して名前が変わってからお会いしたときにも、何度も川井先生は「孤独な生涯を送る人だ」と、私におっしゃいました。他のことは、その都度いろいろと変わるのに、「孤独」だけは変わらないのです。

二度目の夫との間に生まれた娘は、アメリカで生まれ育ち、結婚もしています。私は行(ぎょう)を始めた一九九九年から耳の病気で飛行機に乗れなくなり、娘に会いたくても会いに行けなくなりました。子どもがいるのに、一生会いに行くことはできない、そんな孤独も背負っています。これも、離婚などによって、自分の子どもに会えない人の苦しみや淋(さび)しさを少しでも共有させていただくために、あえて私に与えられた試練なのかもしれません。

依存(いそん)しなければ、孤独は味な空間

私のような光の当たっていない世界や人にスポットを当てるような作家は、「手放しで幸せ状態」であっては書けないものなのです。少なくとも私は、そういう作家です。書き手と取材相手とが、傷を認めあえるような、至近距離(しきんきょり)にいる以上、満たされた幸せを私は望めないように、作家になったときから決まっていたのかもしれません。(注)

そういう仕事を選んでしまったというか、流れに乗ってしまったのだから、受け入れて頑張っていくしかありません。

でも私は、それでよかったと思っています。孤独が当たり前となった今は、テレビや講演など、他のジャンルの仕事で人にお会いできたとき、とても嬉しく楽しく感じられるからです。

依存しなければ孤独は、けっこう味のある空間で、苦痛や淋しさは訪れません。自分で選んだ孤独より淋しいのは、人と一緒にいるのに感じる淋しさではないかと私は思うのです。愛する人と一緒にいるのに淋しい。いい夫がいるのに淋しい。お金もあり、好きなことができるのに淋しい……。人は求めて手に入ると、次を求めたくなります。それが手に入らないと淋しくなって苦しみます。

「求不得苦（ぐふとっく）」これは四苦八苦（しくはっく）の苦しみの一つで、欲しいものが得られない苦しみのことをいいます。

あれもこれも欲しくても、すべて満たされるというものではありません。どれを犠牲にするか、妥協（だきょう）するか、諦（あきら）めるか……。選択しなければならないときがあります。満タンのバッグから、何か一つを外に出さなければ、新しいものや欲しいものは入ってきません。人生には、満たされないものが、あえて存在していると判っていれば、得られない淋しさに押し潰され、むやみに苦しむこともないでしょう。

私は、作家でよかったと思っています。こんな孤独な人生を歩ませてもらえているのですから。でも、人は生まれるときもひとり。死ぬときもひとりです。孤独に慣れていない生き物ではありません。

注・『私を抱いてそしてキスして――エイズ患者と過した一年の壮絶記録』（文藝春秋）で、第二二回大宅壮一ノンフィクション賞を受賞、『極道の妻たち®』（青志社）が映画化された。

二

作家の駆け出し時代の「つきあい」

私が、取材(しゅざい)記者をした後、作家の駆け出しになったとき、「つきあい」というものがありました。取材をさせていただいた方や、出版社の方々、テレビ局の方々と、何度も食事に行ったり、飲みに行ったり……が普通でした。取材させていただいた方々の場合は、相手にもよりますが、ことあるごとに、ご挨拶に行くべき人や、ときどき食事やお茶をしたり、呼び出されたり……など、いろいろありました。

書く仕事をする同業者とは、たとえ暇があっても私は、食事や飲みに行かないと、苦い飲食同席経験の後、決めました。行かないというより、行きたくなかったのです。仕事中だけで仕事の話はごちそうさま。時間があるなら、ひとりでも多くの同業以外の人にお会いして取材した方がいいと思っていたからで、実際、そのようにしていました。取材ができるのは大体午後か夜。特に夜はひとりしか取材できません。なのに同業の人とおつきあいで飲食をしていては、取材ができず、もったいないではありませんか。
それに、何を取材しているかは、口外できません。「それはいい。自分もやろう！」と、先を越されて取材して発表されてしまうと、私がした取材のすべてが水の泡になってしまうので、適当にごまかす煩わしさもあります。お酒好きや美食家ならば、飲食が楽しいかもしれませんが、私は、アルコールアレルギーです。ソフトドリンクで何時間もすごすのは、取材のときだけで十二分です。また、お酒を置いているお店は、タバコの煙も多いし、余計に行きたくないのです。

ところが、同業の男性たちは、私がアルコールアレルギーということも知らないので、つきあいが悪いと、私のことをあることないこと書いたり言ったりして、いじめるのです。プライベートなことを何も知らないから、想像で書きたい放題、言いたい放題です。お高くとまっていて皆とつきあわないのでなく、仕事を優先的に、取材対象者のスケジュールにあわせて毎日をすごしてきただけです。でも「おつきあい」も大事な仕事の一つでした。当時は、マスコミ世界も男性世界でしたし、私は媚びたり、お世辞が言えないので、イメージからも余計によくは思ってくださらなかったようです。

「ライターの皆と飲みに行かないからだよ」

と、あるとき、出版社の方から、バッシングの原因を言われて、びっくりしました。可愛く笑って、肩や腕を触られたりしながら、お酒をついであげたら、いじめられないですむのでしょうか？　「セクハラ」という言葉のなかった時代です。でも、やっぱり嫌です。私は、それでも取材を第一にしたいと、「おつきあい」は一切しないで、相変わらず一匹狼でいました。一匹狼ですから、友達はいません。でも、同じ業界に友達は要りません。比較しあって、お互いに苦しむことになるだけです。

仕事をもらうために、そこまでするか

芸能界（げいのうかい）では、仕事が欲しいがためか、あるいは仕事をいただいているがためか、今も、食事や飲みに行くことがよく行われているようです。そういう食事会に参加していたときのことです。

ある文化人女性が饒舌（じょうぜつ）に身内の話をして、その場を盛り上げ、皆を笑わせていたのですが、その話は、いわゆるネタ（作り話）なのです。私が同じ話を聞いたのは二度目。どこでこのネタ話をしたか、あちこちでやっているので、彼女も覚えていないのでしょう。プライベートに近い集まりなのに、普通の会話でさえ芝居をしている彼女を見て、たくまし

い営業精神に驚かされたのと同時に、仕事をもらうために、そこまでしないといけないのだろうかという恐怖心が湧きました。

　彼女は以前、生放送のＣＭの最中に、「あなたは、こういうこと言えないけど、私なら言える」と、他の人に聞こえないようにチクリと私に言ったことがあります。私は（別に彼女の言う内容をテレビで言いたくもないけど……）と思いながらも、話術がないので言い返せず、ムッとしたまま黙っていました。優越感に浸る、彼女のテレビでは見せない顔がありました。

　私には彼女のような芝居術も話術もありません。が、食事会でも自分自身が出せない姿を見ているうちに、彼女が哀れに思えてきました。言葉は豊かでテレビ向きかもしれませんが、心が貧しく淋しい人です。きっと家で、いつもむなしくひとり自己嫌悪に陥っていることでしょう。嘘で固めた会話をして楽しむような、お高い品格の食事会なんて私には無理！　と、以後、私の参加はありませんでした。

　そのとき、彼女は「あの人は、仕事をくれるかもしれないから、誘いを断るわけにいかないし……」といった愚痴もいっぱいこぼしていました。が、

「なら、やめたらいいじゃん」

と言う私の言葉を聞きもせず、愚痴り続けています。皆の前での「愚痴」も彼女にとっては、計画的なお芝居なのです。「イヤでも頑張っている私」を営業したかったのかもしれません。

私なら、止めます。イヤなことは体によくありません。無理して仕事をもらっても、どうせ無理をして潰れます。仕事をもらえない私は、そのときは損をするかもしれませんが、それでもストレスをためすぎてまで人とつきあいたくはありません。私は、自分にも人にも正直でありたいのです。

彼女のおかげで、つきあう必要のない人々との無理したおつきあいは、やっぱり止めた方がいいと再確認できました。そんな彼女だって、友達はいないのですから。

無理から解放された、ひとりの時間を想像する

私は、見えないものたちと意識をあわせれば対話ができるので、「自分には何か憑いてる?」と見てもらいたくて、食事に誘ってくる人たちがいます。相手が必要なのは「私」ではなく、「私が見えるもの」です。それに気がつかなかったころは、(イヤだなぁ、ひとりで食べた方がいいのに)(気疲れしちゃった)(霊視したから、もうエネルギー切れ、で

もちゃんとしてないといけないし……）などの思いを隠しながら、霊視をし食事につきあっていたのです。

霊視はもの凄く疲れます。だから私の場合、一日に何人も霊視はできません。泥のようにヘトヘトになっている中、ごちそうしてもらっても、ちっとも美味しくないし、遠慮して、好きなものも頼めません。

また、誘われたにもかかわらず、相手が年下の女性の場合、食事代は、私が支払わざるを得ません。そういう人に限って、霊視後、私に言われたことを素直に実行してくれないものです。となると、私に責任がかかり、その人の代わりに霊的な後始末をしなくてはならなくなります。疲れ果てて次の日は使いものにならなくなる上に、出費もして、喜んでもらえず分があいません。まさに「骨折り損のくたびれ儲け」です。今は、霊視してほしいほど本当に困っている人か、ひやかしなのか、お試しなのか見極めて、お会いするようにしています。

「イヤな席に無理して出たくない」という意志がしっかりあれば、時間はかかりますが、いつかは自然に相手から離れていってくれるものです。自分から離れると、相手にわだかまりが残ることがありますが、相手が自分から離れてくれれば、円満解決というものです。

大事なのは、「つきあう必要のない人、つきあいたくない人と会ったらストレスがたまる」ということを、自分の体に覚えさせることです。ストレスがたまったら、ろくなことがありません。ひどく疲労もたまることでしょう。ひとりで自腹で食事をした方が、よっぽど美味しいし、気が楽です。

もし、相手が離れてくれるまで何年もの時間をかけるなんてできない……という事情があるならば、「仕事」とか、「体調が悪い」とか、「明日朝早い」とか、無難な理由を言って誘いを断る勇気を持ちましょう。断ることで一歩離れられます。これまで自分がヤなヤツに思われると、体裁を気にして断ることができなかったのではありませんか？　一〇人が一〇人、自分のことをよく思ってくれているわけがありません。

八方美人（はっぽうびじん）にならなくていいのです。自分の体にたまってしまうストレス君から、自分の体を守ってあげるために断りましょう。イヤイヤ参加して、（やっぱり来なきゃよかった）と思った瞬間、さらにストレスがたまるものです。

その人たちより、あなたの体との方が長く、あなたとつきあって生きていかなくてはならないのです。

（体のため）

と思えば、踏み出せなかった一歩も出せるはずです。自分のことが、かわいくていいんです。ストレスは、いろいろな病気を呼びます。無理をしたら何ごとも続きません。いずれストレスをためた自分が潰れます。イヤなコミュニティから離れることをして、ストレスから解放されましょう。今日の今の時間は、二度と帰ってきません。

この無理は自分にとって大丈夫な無理か、必要な無理なのか、無理なのに無駄に頑張っている無理なのかなど、よく自分を見つめ、自分に問いかけてみてください。そして大丈夫じゃない無理なら、一歩一歩少しずつ少しずつ下がっていってください。今ならまだ、間にあいます。あなたの気持ち一つで、使える時間も、環境も変わります。無理な空間から解放されたときの「ひとり」を想像してみてください。せいせいして、きっと気持ちのいいものでしょう。

三

根が暗かった私の少女時代

高校一年生のときに、女優になりたいと目覚めました。一五歳の初夏（しょか）、初めて生きていく目的が見つかったのです。私は、根が暗いし、お喋（しゃべ）りも面白くないので、人気者ではありません。いじめもあり、友達がいませんでしたが、高校へ行って、ようやく友達ができました。私は転校生です。小二、三年のときだけいた隣町の子たちは、とても快く受け入れてくれました。そのときの子たちに高校で再会したわけです。その中の一番の友達が、何もかも私よりすぐれていたのです。

いるだけで人が集まってくる彼女のようなステキな女の子になりたいと、うらやましく思っていても、私はいるだけでは人は寄ってきてくれません。サバサバしていて、明るくて、喋りが上手い彼女のようになることは、私には無理な話です。そんなとき、テレビドラマを見ていて、はっと気がついたのです。

（女優さんなら、芝居で明るい女性や、ステキな女性になれる！）

その翌日から「私は、女優になるために生まれてきたんだ」と、本気で信じていました。

私という存在を世の中に知らせるために

まずは、私の存在を世の中の人に知らせないといけない……と、私は、地元東海テレビ制作の視聴者参加バラエティ番組のアシスタントを狙いました。テレビ局に直接電話をかけて、オペレーターさんに制作担当の方を呼んでもらいました。名古屋という義理堅いお国柄か、それともそういうことが許される時代だったのか、私はオペレーターさんに拒否をされずにすみました。

見知らぬ相手が電話に出てくださるまで、一五歳の私は、ドキドキバクバク震えながら、

「ゼロからの出発、ゼロからの出発」

と、自分に言いきかせていました。

（多分、断られる。「はぁ？」で話は終わりかもしれない。「たわけか！」（名古屋弁でアホか！　みたいな意味）と笑われて、恥をかくかもしれない。でもやってみなければ、それでどんなに私が傷つくか、恥ずかしいか判らない。やってみることは一歩前へ出るって

いうこと。これはプラスにはなるけれど、ゼロよりマイナスにはならないんだ）

受話器を震える手で握りしめながら、自分に言いきかせてました。誰にも事前に話をしていません。まったくの私の思いつき決心で、したことです。

ディレクターさんが電話口に出られてすぐ私は、子どものころから低かったあの声で、

「番組で、スポンサーのことを紹介しているアナウンサーさんですけど、私の方が上手いと思うので、テストしてください」

と言ってしまったのです。何を言うか、あまり準備ができていなかったと思います、

「ゼロからの出発」という科白（せりふ）ばかりをくり返していたのですから。

ディレクターさんは「びっくりした……」と言いました。緊張と興奮のあまり、その後何を言われたか、よく覚えていないのですが、

「面白いから会ってみましょう。一度、局へ来てください」

というようなことを言われ、翌日、私は局内の喫茶店で、ディレクターさんとプロデューサーさんと対面していました。

そのときのことも緊張からよく覚えていませんが、「進学校なのに、勉強大丈夫なの？」と聞かれたことは記憶があります。

一週間後、私の留守中に、ディレクターさんが自宅に電話をくださいました。電話口に出た何も知らない母親は、（東海テレビ？　何か懸賞でも当たったのかな？）と思っていたら、レギュラー決定の話で、ただただひっくり返りそうなほどびっくりしていたそうです。

私は高校三年卒業までのレギュラーのお仕事をいただきました。

人に相談することも、大切なことですが、もしあのときの私が、誰かに相談していたら、「やめなよ、そんなこと、採用されるわけないじゃん」と止められていたと思います。また、たとえアプローチしたとしても、人から助言をもらったことによって、やり方が大人びて堅くなりすぎて、「私らしさ」がなくなっていたと思います。

自分の人生です。一歩前へ出て切り開くのも、立ち止まるのも、引き返すのも自分です。結果は誰もが予想できません。でも一歩前へ出れば、少なくとも今より変わります。

火事場の馬鹿力はひとりの方がいい

人がそばにいてくれたり、協力や応援してくれたりすると、とても心強く嬉しいですが、ひとりで何かするときより、心が弱くなってしまいます。ひとりで突進するって、とても孤独ですが、「火事場の馬鹿力」を出すためには、ひとりの方が、よっぽど適しています。ひとりだと思うと、思いっきりできます。人に迷惑をかけたり、あとで「ほらね。だから言ったでしょ」と責められずにすみます。礼儀と、人に対する思いやりの気持ちを決して忘れず、あなたの目標に、あなたが向かってください。ただし自己責任です。

人に相談したり頼ったがために、気持ちが甘くなって勇気が出なくなったり、また、そんな一歩前へ出ようとしているあなたを妬んで、道をはばまれることもあります。事後報告でもいいし、誰にも言わないまま、あなたの道を突き進んでもいいのではありませんか？

世の中には、いろいろなタイプの人がいて、その気はなかったのに輝く道にヒョイと乗っかってしまえる人もいます。でも、そうでなければ、やはり努力や信じる力が必要なのです。

進学校の最後尾にかろうじて、ぶら下がりながら、タレントや女優活動をしていた私は、「売れない」「売れてない」「大した仕事もしてないのに」と、二年半の間、あからさまに言われ続けました。電車のホームの反対側から、大声でつぶやかれたこともあります。口惜しかったです。でも私は歯をくいしばり、思っていました。

（だけど私は、やったのよ。仕事をいただいた。出演(でて)しているのは、私）
あのころの愛知県人(あいちけんじん)というのは、人を育てることがあまり上手くないという県民性があるといわれ、地元を出て成功した芸能界の多くの人々が、名古屋出身ということを積極的に言わないでいました。だから、私にとってよかったのです。皆にチヤホヤされたり、応援されていたら私はきっと甘い汁を吸って満足し、それ以上のやる気を起こすことができなかったことでしょう。

からかわれたり、バカにされたり、東京(とうきょう)や大阪(おおさか)の芸能人のおこぼれの役しかもらえなかったり……そういう口惜しいことが重なったからこそ私は、名古屋を出て東京で頑張ってみようという気持ちになれたのです。

相談しないと、人に話さないと動けないという人が、過半数(かはんすう)かもしれません。でも、ひとりもいいものです。人に感化されず、全力投球(ぜんりょくとうきゅう)できます。弘法大師空海(こうぼうだいしくうかい)は、おっしゃいました。

「人は必ず花開く。正しい道を歩んでいれば、必ず花は咲く」と。

人と一緒であること、人と一緒にいることは、とても安心です。でも人にあわせていたら、あなただけが一歩前へ出ることはできません。ひとりなら、人と争うこともありません。
孤独は、花でいえば、固いつぼみの状態かもしれません。人それぞれ道が違います。人に遠慮なく自分の道に一歩を踏み出したらいいのです。小さな一歩一歩、努力を重ねて邁進していけば、必ず花を咲かせられます。咲いたら終わりではありません。長い人生、何度だって咲かせられます。

花は自分の「咲きどき」を知っています。咲きどきを知らないのは人だけです。だからこそ人に左右されないで、自分の歩幅で歩いて行ってほしいのです。一歩前へ出るためには、孤独は大切な要素の一つだと私は思っています。

四

いつも誰かといないと淋しい

スマホが手放せず、家に帰ってからも淋しいからネットで相手を探し、超格安料金で売春をしている女子高生がいました。離婚後、母ひとり子ひとり家族で、母親は彼女のために、昼は事務職、夜はコンビニのバイトと、ダブルワークをしながら子育てをしてきました。

家に帰っても誰もいなくてつまらないし淋しいので、彼女も学校が終わってから、飲食店でバイトをするのですが、それでも時間が余り淋しいのです。母親は家にいるとき、いつも疲れていそうなので、本当は話したいことがいっぱいあるのに遠慮しちゃって話せません。

「知らない親父にいいようにされて、いくら淋しいからって……」

と私は言いましたが、イヤな親父でも、肌に触れていると淋しさを紛らわせられると、彼女は言うのです。本当は、もっともっと淋しくなるくせに……。

いつも誰かと一緒にいないと不安でしようがなくなるのは、人に依存しているからではないですか？

「誰も一緒にいてくれない」「誰も助けてくれない」「だから今すぐ助けて」と、相談されることがあります。

誰も助けてくれないのは、その人が頼るばっかり、人のせいにするばっかりで、自分自身というものを持っていないからです。

何がしたいのか、何を求めているのか、自分が判っていなければ手のさしのべようがありません。そういう人と関わりを持ったら、この先ずっと頼られたり、上手くいかなかったときは責められそうで、怖がって皆も近づけません。

「淋しい」という気持ちは、自分の心の受け止め方次第です。ひとりぼっちでも、淋しいと思わなければ淋しくありません。人とつながっていないと淋しくていられない人は、いつも自分以外の人まかせです。だから自分自身を尊重できなくて、心の貧しさから淋しくなっちゃうのです。

苦しみも喜びもあなたのものです

あなたは誰ですか？　あなたは、あなたです。自分を見失っていませんか？　苦しみも喜びも、あなたのものです。大切な自分を人まかせにしないでください。あなたは、あなたでいいのです。無理して人にあわせていたら、最後は自分が無理を重ねきれなくなり、疲れ果てて潰れてしまいます。相手が男性にしろ女性にしろ淋しいから会ったとしても、人の心につけ込まれて、ろくなことが起こりません。自分にとってどうでもいい人に、淋しいからと、メールや電話をして時間潰しをしても、後に虚(むな)しさが残るばかりです。

ひとりが淋しいと思ったら、自分を生かす時間がやってきたと受け止めてください。そういうときは、何か始めてみませんか？　あなたの時間ができたのです。恋をしたり、仕事が忙しくなると、そういうひとりの時間が十分取れなくなってしまいます。今がチャンスです。

ひとり焼肉、ひとりお好み焼きの快楽

つながっていないと淋しいからという理由で、会ったりメールをする相手とは、どうせ長続きしません。近い将来、別れがきます。

私が、二度目の結婚でアメリカ人の夫と、日米別居結婚していたころ、日曜日をひとりですごす淋しさと、つまらなさを埋めるため、ときどき一緒に食事に行ったりする女性がいました。日曜日にひとりで食事をしていたくないという見栄から、ただただ浅い話をして時間を埋めて……こんな状態ですから、楽しんでいるわけではありませんでした。相手もそうです。彼女はそのとき、私にライバル心を燃やしていたそうなのです。

私は、光の当たっていない人や世界を取材して書く作家です。同じネタや切り口、視線で書く人は、他にいらっしゃいません。だからライバルは存在しないのです。まして、その女性は違う職世界の人です。私は、人の心の裏側ばかりを取材するプロフェッショナルなのに、目の前で食事をする女性の本心に気がつきもしなかったとは……。

それが判ってからは、彼女に誘われても理由をつけて、会わなくなりました。もともと私は無理をしていたのです。ひとりの方が、ずっと気楽と、ようやく判らせてもらえたのです。

当時は、行者ではなかったので、大好きなお肉も食べることができました。ひとりで焼肉屋さんに勇気を持って入ったところ、好きなものを遠慮なく頼めるって楽だなぁって、やっと判りました。一度、ひとり焼肉ができたら、あとはもう平気です。「ひとりお好み焼き」もできました。「ひとりでお好み焼きなんて……」と隣のテーブルの派手な若い女性が、連れの男性ふたりに、これみよがしに言っていましたが、言いたいヤツには言わせておきます。なぜなら、そこのお好み焼きが、とっても美味なので、私はとにかく食べたかったのです。自分が働いたお金で、こんなに美味しいお好み焼きをいただいて何が悪いの？　と思っただけです。だから男に奢らせているうるさい外野の声は気にならないのです。

淋しさを埋めあわせるために人とつながる時間を今度は、あなたが自分のために使ってあげてください。心がストレスレスで喜んでくれているのが判ります。見栄や淋しさのために自分に嘘をつき、無理を重ねるなんて、自分が苦しくなるだけです。自分自身をもっと大切にして、居心地よくしてあげてください。時間は戻ってきません。

五

見えないモノが見える

一九九九年七月。初めて私は行（修行）を始めました。行には、いろいろとありますが、私の場合、水行が行の始めでした。その後、行者の道を歩んでから一八年（二〇一七年現在）も水行が続くなんて、かけらほども思っていませんでした。飽き性で何一つ続いためしなんてなかったのですから。

私は、意識をあわせたり、あるいはボーッと何も考えていないとき、見えないモノが見えるし、交信もできます。ニュースを無意識に聞いていると、その殺人事件や誘拐殺人事件の現場が現われ、最期のワンシーンと、見知らぬ犯人の顔が出てくることも少なからずあります。また、失踪している人が生きているかどうかも……。

人の未来や前世を見れる方もいらっしゃいますが、私がいただいたお役目は主に、亡くなった方との交信でした。悔いや、やること言いたいことを残して亡くなった人、事故や事件などで突然命を絶たれ、まだ自分が亡くなったことが認識できていない人、戦死したことで成仏(じょうぶつ)もできず、生前からずっと耐えてきた人など……誰かが交信役をしてあげないと、その人たちの気持ちがうかばれません。

けれどもこれは、誰もができることと、私は子どものときから思っていました。そうではないということに気づいたのは、ずっと大人になってからのことです。誰も教えてくれなかったのですから、知らなくて当たり前です。

霊を意識して生活する

こういったお役目をいただいてしまったので、私は霊たちから非常に頼られる存在となりました。その代わり、難儀(なんぎ)なことも常についてきたのです。人と対面して深い話をお聞きし心を通わせたり、握手をしたりレジでお釣りを貰うときや電車内で体に触れた相手、電話やメールの相手が背負っている霊たちが、どんどん頼ってきてしまうのです。私の所にくれば成仏させてくれると思うのでしょうか、それとも拝んでもらって楽になりたいのか……。だから常に私は、自分を頼ってきた霊たちのことを意識せざるを得ない状態で生活しているのです。

皆、居心地がいいのか、一旦着地してしまうと、なかなか他の頼れる人の所へ移動してくれません。助けを求めて霊たちが集まってくるばかりなので、どんどん私の体に積み重なっていきます。どうしたらいいか判らないでいたころも、私は彼ら（彼女たち）からエネルギーを吸われ続けていたのです。そうして病名のない病気にかかっていきました。いわゆる霊障です。そういう私があるとき、

「あなたのように、沢山の人に会う仕事をしていて、その人たちの背負っている霊に頼られてしまうのなら、お行をした方がいいと思う」

と、人に行ずることを勧められたのです。最初は、その人に紹介された行者さんに就いて、行のやり方を教えていただきました。その行者さんが、四国の霊峰・石鎚山の山岳行者さんだったので、山行、水行など、神様の元での行を学ぶことから始まったのです。

初めての霊山行は、岩木山（青森県）でした。行者さんや、行の先輩たちと私の計五人が青森駅で集合し、レンタカーで弘前市へ向かいました。全員、岩木山は初めてでした。

私は「いわきさん」という山に登ることと、白い運動靴と、ロゴは入っていてもいいけれども、白いパンツ、シャツ、下着も白にすること。それだけを聞かされていました。リュックが要るとは、知らされていなかったのです。リュックが要ることを知ったのは、駐車場で車から降りたときです。リュックを背負ったひとりひとりに、

「バッグ持ってないの？」

と、いちいち聞かれ、

(だって教えてくれなかったじゃない)

とムッとしたまま、飲みものを買ったときのコンビニのレジ袋に財布を入れて左手首にかけたまま、仕方なく登り始めました。不満一杯なので、「お山に登らせていただいている」気持ちも、すっかり飛んでいました。他の登山者からレジ袋を見られる恥ずかしさと、教えてもらえなかったむかつきが心の中で溢れ返り、大量のマイナスエネルギーが放出されたのでしょうか。「スーパー元気」になった私は、どんどん人を追い越し、すごい速いタイムで頂上へ登ってしまいました。随分経ってからゼイゼイハァハァと、息を切らしながらヘトヘトになって登ってくる行の先輩たちを頂上から見下ろし、優越感に浸っていたのです。

「早すぎるのよ。もう少し、ゆっくり登らないと」

と、激しい呼吸をくり返しながら頂上にようやく辿りついた同行者に言われ、

(そっちが遅すぎるのよ。ペチャクチャ喋りながら登ってるから)

私は内心怒りながら黙っていました。私は口数が多い方ではありません。余計な一言を言わないために、黙り癖がついているのです。

さらに長い時間、皆を待った後、全員揃ってから新人の私は後ろで、頂上社にお参りをさせていただきました。

「ああ、いいお行だった」

と、参拝後、口々に皆が言っているのに対して、

(何をもって、いいお行と言うの?)

私はまた黙ってしまっていたのです。


神様の目の前という、とてもありがたい山頂にいながら、新人の私は、神様よりも同行をかけた人たちのことばかりが気になり、むかつきや不満をいっぱいためていました。

(要るものとか、大切なことは教えてくれないくせに、登拝中、お喋りばっかりしてる)

こういう登り方では、行になんかならない！　岩木山に行く前に、もっと自分で詳しく調べたり勉強すべきでした。言われたことだけでいいと私は解釈（かいしゃく）していたので、勉強もしなかったのです。判らないから質問もできません。

この経験から、行を重ねた今でも私は、知らない人には、ある程度、教えてあげる必要があると思って、事前に知らせています。まったく知らないから、何を聞いたらいいかさえも判らないわけです。団体で登拝することも、行の一つではありますが、

（ひとりで登りたいな……）

一回目の登拝で、早くも私は、ひとり行をしたいと思いました。団体で山行をすることが楽しい山行者さんと、ひとりで淡々と孤独のひとり行を好む山行者さんがいます。私は後者の方です。

山行を始めて一八年（二〇一七年現在）、未だに私は、霊山行は、ひとり行か、心から尊重しあえる夫を含む行仲間とだけしか行きません。時折、新人を皆に受け入れてもらうのですが、あまり上手くいきません。行に対する気持ちの純粋さが違うのです。行に対しては、自分に厳しい分、つい人にも厳しくなってしまいます。

というわけで、ひとりでも多くの人を山にお連れするようにというお山の神様のご希望

に沿えることが、なかなかできないでいます。

挫折のひとり山行、ひとり遍路(へんろ)

私は、ひとり山行やひとり遍路のときに、足を動かすスピードだけは「猿並み」と一八年間言われ続けています。瞬発力が乏しい分、持久力(じきゅうりょく)だけは人一倍あるようです。それは、霊山行を始めて、初めて知った私の体の特長でした。

私は行仲間ひとりひとりのために、仲間の水行や霊山行の前後に必ず前行(まえぎょう)、後行(あとぎょう)のひとり水行を重ねます。こういう行の仕方を選んだ以上、ひとりひとりが無事に行ができ、帰宅するまでしっかりと私が見守れる人数には、限りがあり、何人でもというわけにはいかないのです。

何人かで行く行は楽しいけれども、たったひとりで頂上の神様と対話させていただきながら、神様の山を登拝することは、他に比べることができないほどすばらしいものです。霊山は、土も、木の葉も、花も、すべて神様の持ちものです。ひとり、ご真言(しんごん)や「般若心経(はんにゃしんぎょう)」を一心にあげながら、神様の持ちものに触れたり、頂上で跪(ひざまず)いて、神前の土や石に触れさせていただいたり……。神様の息吹を体で感じたり、自然界の声を聞き入れたり……

それがしっかりできるのは、孤独の行だからこそと私は思っています。

自然の声や神様の言葉を体で感じたときは、心が温かくなって満たされてきます。それは普段の生活では味わえない未知の感覚なので、次もここで、また同じように感じたくて霊山行をします。

実際は毎回違い、同じ行は決してないのですが、目標ができると、人は頑張って前向きに生きていけるものです。この目標のために、生活の中での小さな一つ一つでも変えてみたり、大切にしたりしています。

私は、捻挫（ねんざ）をしないよう、仕事のときのピンヒールパンプスをやめて、ウォーキングパンプスに替えました。そして、膝（ひざ）を常に大切にし、体調を崩さないよう健康を保つための努力も積み重ねています。霊山行は、一歩踏み出さないと頂上に行けず、下山もできません。それは人生と同じだと思っています。

岩木山から私は、「行とともに生きる」作家になりました。女優になりたかった一〇代の私からは、作家になったことも行をすることも、想像さえつかなかった人生でした。まして、その行途中で僧侶になるとは……。一歩踏み出さなければ、こうした人生の展開もなかったかもしれません。

第二章 孤独が生きる喜びを生む

一

一三巡目の札所巡り

二〇〇五年一一月から、私は毎月、四国遍路をしています。四国遍路というのは、四国にある八十八の札所（お寺）を巡ってお参りをするという修行であり、旅です。四国を一周すると約１４００キロあります。私は二泊三日で１２０キロ前後歩いて、一二回で１４００キロをつなげています。一二回で一巡ということは、毎月すれば、一年で一巡することができます。二〇一六年九月からは、一一巡目に入りました。車で巡る車遍路と合わせると、一三巡目ということになります　初めて二十八番札所・大日寺（高知県）へ車遍路で行ったとき、歩き遍路の男性が、ゼイゼイハァハァ言いながら山門をくぐって、私のいる境内にやって来ました。大きな荷物を下ろしてウォーキングシューズを脱ぎ、靴下も脱ぎ、肩を上下させてうなだれながら、私の前で苦しそうにしていたのです。

（大変そう……）

と、思いましたが、どんなに大変か想像さえつきませんでした。標高約200メートル、壁のような坂を登り続ける二十七番札所・神峯寺(こうのみねじ)から、二十八番大日寺まで、およそ37・5キロあります。早い人で八時間弱、遅い人の場合は一〇時間以上かかるので一泊二日の旅になります。しかも、後ろにひっくり返りそうな山道をさんざん登って疲労困憊(ひろうこんぱい)した後に、大日寺まで37・5キロを歩くのです。それがどんなに大変なことか、私には判っていませんでした。

霊山に登拝する山行(やまぎょう)を毎月のようにやっているので、足と持久力には、かなりの自信がありました。ところが遍路は、山道というよりも、半分以上は、コンクリートやアスファルトなど硬い一般道を歩くのです。それが理解できていなかったので、最初は、山用品専門店の人に相談して山用の靴を選んでしまい失敗しました。硬い道を長時間歩くことによって、どれだけ腰や足に負担がかかるかなど、想像さえしていなかったのです。

私は、どれほど大変か判らないから、やってみようと、目の前の男性遍路を眺めながら決心してしまいました。「山行をやっているから私は大丈夫」という驕(おご)りもあったのではないかと思います。一〇年以上経験を積んだ今なら、それがよく判ります。

ちょうど高野山(こうやさん)大学大学院に入学した年でもあり、就業者が「今、遍路に行きたい」と思ったときに、すぐに始められる遍路研究もしてみようと思いました。土日祝日と三日間を利用すれば、四五～六〇日の長期休みを取ったり、リタイアしてからでなく、お金と時間はかかるけれども遍路が今すぐできるのでは――？　まずは、私自身が実験台になって試してみたいという気持ちにかき立てられました。

ひとり遍路の孤独

　ところが実際に始めてみると、想像をはるかに裏切って、とにかく大変で辛く、そして孤独だったのです。

　一番札所霊山寺（徳島県）で納経をすませ、（さぁ、これから始まる！）と、山門に立った途端に不安と孤独が襲ってきました。これからたったひとりで、約１４００キロの道のりを歩いていかなくてはならないのです。さらに悪いことに、晴天だった空に黒々とした雲が広がり、雷の音まで近づいてきました。

　足と持久力と、「ひとりぼっち」ということに対しては、人並み以上の自信があったはずなのに、この私が大海に放り出されたような気分に陥ってしまいました。取材はひとりで行っているので、いつも「ひとりぼっち」。孤独には慣れています。原稿を書くときも、ネコが机上で寝ている以外、孤独で、やっぱり慣れています。ところが、ひとり歩き遍路の孤独には、社会に放り出され、落ちこぼれたような疎外感があったのです。経験したことのない種類の孤独でした。

それでも、「自分で歩くと決めたことなんだから」と、おそるおそる一歩を踏み出してみました。強い雨が降り始めました。二番札所極楽寺まで約1・4キロ。一五分から二〇分もあれば十分に行ける一本道を私は、足元を確かめるようにして一歩一歩踏みしめて歩き出しました。1・4キロって、こんなに長かったっけ……？　そんな慎重な一歩一歩でした。

初めての歩き遍路の一番札所から二番札所への道。この経験と気持ちは、二度とありません。だからこの気持ちと一歩一歩を大切にしようと思ったのです。

はたして二巡目からは、踏みしめるような緊張した歩き方などまったくしていませんでした。一番札所から十番札所切幡寺までの約28キロを日が暮れるまでに歩き、宿に着かなくては……と、太陽の傾きばかりを気にして、脇目もふらず、がむしゃらに歩いていました。

遍路というと、有名な人々がとかく、悪いことがあったせいや反省のため、あるいは逃げのために遍路をしたがります。それをマスコミが追いかけて取り上げるので、遍路はマイナスのイメージで捉えられがちでした。また、訳あり有名人の遍路にはマスコミが密着(みっちゃく)取材しますし、テレビの遍路番組では、大勢の撮影スタッフさんが一緒なので、映っているのはひとりだけでも孤独の行をすることはできません。誰かがいれば、淋(さび)しく暗い山道だって怖くありません。

本当のひとり遍路は、予想もつかないほど孤独で厳しい行です。だからこそ皆、何かを摑(つか)みにポジティブな気持ちで遍路に行くのです。逃げなんかでできるほど、遍路はやさしくありません。悪いことがあったからじゃない。反省でもない。札所から札所へ踏みしめて歩くこの一歩一歩が、すべて前向きな一歩一歩につながっているのです。それが判るまで私は、(皆が仕事をして、活躍しているのに、私ひとり遍路をしていて大丈夫だろうか)と、社会から取り残された気分に何度も陥っていました。

遍路をする人は、皆、平等です。肩書(かたが)きも、名前も、職種も、学歴も、性別も、年齢も、どんな人生を送ってきたかも問われません。皆「お遍路さん」と呼ばれ、平等に地元の人々から接してもらえます。人と比べると、比べた人が辛くなります。遍路は、比べることを止める勇気と努力の機会を与えてくれる、そういう修行だと、何巡もしてから、ようやく私は、お四国に教えられました。そして「私は私でいいの」と、派手な見かけや作品と正反対な自分自身をちょっと理解してあげられるようになったのです。

二

たった一輪の花を見ても涙ぐむ

徳島県最後の札所・二十三番札所薬王寺(やくおうじ)から、高知県最初の札所、室戸岬(むろとみさき)にある二十四番札所最御崎寺(ほつみさきじ)まで、約75キロの道のりがあります。左は太平洋、右は国道55号線という歩道を延々と、ただひたすら歩き続けるのです。早い人で丸二日、遅い人で三日以上かかります。最初のうちは、海の美しさに感動しますが、歩いても歩いても、せいぜい一時間に5キロから6キロしか進まず、疲れてくると「もう海は、ごちそうさま」と、海に飽きてくるときさえあるのです。そうなると、辛い、しんどい、暑い、寒いと、愚痴(ぐち)もこぼれてきます。

雨の日は、海が怒って暴れまくり、あたりも暗く、壮大な自然に囲まれた中で、恐れや孤独を感じずにはいられません。体を濡らすのは雨だけではありません。国道55号線を走る車に次々と頭から大量の水しぶきをかけられて、雨具のゴアテックスを着ていても、全身ずぶ濡れです。傘をさしている人や、通りすぎる車を見るたび、自分の姿と比べてしまいます。（私は、汚くてみじめ）と、胸がキュッと縮まるような淋しさが、こみ上げてきます。それでも遍路は、ただひたすら歩き続けるのです。

（歩くって自分で決めたことじゃない！）

そう自分を励ましてみても、「自然」と一緒に歩く遍路が、こんなに大変で辛いとは……想像をはるかに超えていました。雨、雪、強風、猛暑、厳寒……当たり前のことなのに、「自然はやさしいけれども厳しい」ことなど、頭の中にまったく備わっていなかったのです。「私は大丈夫」という驕りは、自然という偉大なるものに取り囲まれて、ふっ飛んでいました。

そういう自分を孤独に追いやる修行だからこそ、何キロも歩いた先での公衆トイレの存在が、たとえ汚くても水洗でなくても、とにかく有難くて嬉しいのです。その公衆トイレで地元の人が牛乳瓶に一輪の花をさしておいてくださったのを見つけたとき、感激しました。人のやさしさが心にしみ入って、深い感謝の気持ちが生まれてきます。名前も知らない、たった一輪の小さな花を見て、目頭が熱くなるなんて経験は、私の普通の生活ではありえなかったことです。

（私、淋しかったんだ……）

と、自分自身がかわいくなりました。

大雨の中、何時間も歩き続けていると、体も冷え切って、疲労困憊です。そういうときに少し雨足が弱まってくれると、とっても嬉しいものです。天を見上げて「ありがとう」と話しかけている自分がいます。雨が止んだら、もっと天のやさしさを感じて、頑張って歩いていけます。

人と一緒に歩いていたら、カッコつけたり、ペースを合わせて頑張りすぎたりすることもありますが、ひとりだとマイペースで行けるし、何も自分を飾る必要がないので、ひとり遍路も、悪いことだけではありません。

それでも、足や膝は痛く、熱中症との闘いでヘトヘトになったり、あまりに辛くて、何のために自分を追い込みたくなるのかと、自分を責めたくなるときが、毎巡、何度もありました。

だからこそ、75キロを歩き終えて、二十四番札所最御崎寺に辿りついたとき、喜びが何倍にもなって返ってくるのです。辛かった、苦しかった、長かった……。でも苦しかったのは私だけじゃありません。昨日、この道を歩いた遍路も、そして国道55号線のなかった時代、獣道（けものみち）を歩いて室戸へ向かった弘法大師空海（こうぼうだいしくうかい）も、室町時代以降の遍路たちも、皆、歩いて歴史と道をつなげてきたのです。

そう考えると、自分も大切な役割を担わせていただいているひとりに思えてきます。私ひとりぐらいいなくても……と思うことはなく、私も大切な遍路のひとりと自覚できるのです。そして、生きていることの喜びが湧いてきます。

室戸岬は私の原点

世俗（せぞく）で、辛いことがあったときはいつも、

「大丈夫。あの室戸までの道を歩けたんだから。大丈夫。きっとこの波風、乗り越えられる！」

私は、そう自分に言い聞かせてきました。これからだって、そうすることでしょう。

室戸はいい。空と海の景色もすばらしいけれども、歩くともっとよさが判ります。車の中からでは判らない美しい景色や、気持ちのいい風、そして美しい夕陽や、朝焼けにも出会えます。

あの苦しくて孤独な75キロを歩けたんだからと思えば、「大丈夫、私はまだまだ大丈

夫」そう言って、自分自身を励ましてあげられます。遍路は、自分を見つめ、自分を知り、自分と対話できるひとり行の神髄ではないかと、私は思っています。

黙り続けて孤独なひとり遍路をしていると、札所に着いて本堂の前に立ったとき、喋りたくて喋りたくて仕方がなくなります。だから、ご本尊様やお大師様に、いっぱいお話をさせていただいたり、心をこめてお経をしっかり上げることができるのだと思うのです。

弘法大師空海が自らを空海と名づけたといわれる室戸岬。室戸は、今では自分にとっての原点になっています。帰れる場所が、もう一つできたのは嬉しいことです。私は毎朝、室戸の海とシンクロして、室戸の空と海から、今日一日分のエネルギーをいただいているのです。

遍路をするとクヨクヨ心がすっ飛んでしまう

遍路一巡目をどこで終えようかと、私はずっと迷いながら歩いていました。八十八番札所大窪寺（香川県）で終了するけれども、八十八番で終わりにするか、一番札所霊山寺まで「お礼参り」で下りてきて終了するか……。いずれにしても最終地点は、高野山奥之院へのお礼参りです。

結局私は、一番まで下りてきました。後で、一番札所でお礼参りすればよかったと後悔しても、埋めあわせはできないからです。でも、一番札所でお礼参りをしてから気がつきました、これで円になってしまったということに。だから私は、四国をぐるぐるぐるぐると、終わりなく巡ることになってしまいました。

遍路に出かける前夜、約三日間仕事ができないので、私は決まって原稿を書いています。朝の出発も早いので、睡眠時間は三時間も取れません。電車の中で睡眠を取ろうとするけれども、当時の四国の特急は旧型車両で快適とはいえず、眠いのにあまり眠れません。電車を降りると、いつものように、前回歩いた所まで、バスやタクシーなどを使って戻ります。最後の地点に再び立つのですが、睡眠不足から体がとっても重く、「あーあ」と、欠伸(あくび)も出てきたり、今回も最悪のコンディションだと、イヤイヤ仕方なく歩き出します。

ところが五分もすると、体の巡りがよくなって、だんだん体が軽くなってくるのです。しょぼしょぼしていた目も、はっきりと開いて、四国の美しく色濃い風景が目に入ってきます。

（来てよかった）

睡眠不足で、体の中のエネルギーが足りないことさえすっかり忘れて、足がまるで別の生き物のように、どんどん先に先にと歩を進めてくれます。

前回の遍路から、今回の遍路まで、毎月いろいろなことが起こります。いいことばかりではありません。けれども歩いているうちに、なぜか、

「私は大丈夫」

と思えてくるのです。家の中にいるだけでは、何も変わりません。自分に何か悪いことが起こったとしても、太陽の昇らない朝はありません。勇気を持って明るい方を向いて一歩前に出てみると、何かが変わるのです。今までの私ではありません。

「般若心経」にあるように、人もモノも、ずっと同じではいられません。時の流れと共に建物だって古くなるし、人の心も体も変わります。一つの所にいて、耐えて耐えて苦しみ乗り越える方法もありますが、遍路に来ると、それだけで、くよくよ心が飛んでいってしまうのです。

自然と共に精一杯歩かせてもらううちに、いろいろなものが削ぎ落とされて、心や体がきれいになっていくのでしょう。

僧侶になったのに、年を重ねるごとに、むかつくことや、イヤなことが増えたように感じます。そのネガティブな要因を箱いっぱいに詰めこんで四国にやってきて、蓋を開けま

す。少しずつ少しずつ箱の中身が、外へ飛び出していってくれるのが判ります。そして私は、きれいなやさしい心を取り戻すことができるというわけです。

三巡目くらいまでは、他の遍路の巡回数にも興味が湧きました。二〇回、三二回と聞いて、びっくりしたり、(五〇回？　でも車でしょ？　一回の歩きの方がもっと大変なのよ)と、ひねくれた見方をしたりもしました。歩き遍路の女性を私が追い越していくときに、「あんたの荷物の方が小さいから、足が速いのは当たり前よ」と後ろから捨て科白(ぜりふ)を投げられたこともありました。そういう小さな比較を誰もが最初はするのかもしれません。

やがて私にとって、回数は関係なくなりました。

人から「何回も廻っているの？」と聞かれるたび、七巡目ぐらいまでは、ちょっと得意気に、

「五回です」

などと、私は正直に回数を言っていました。

「へェ？　五回も？」

なんて驚かれると、ちょっと気分がよくなったりしました。ところがいつの間にか、

「沢山廻ってるの？」

と聞かれたら、

「わりと沢山……」

程度にして、あまり回数を具体的に言わなくなっていました。今、何巡目かを忘れているときもあります。

札所や、バス停などで、遍路たちが居あわせて、よくお喋りをしています。二巡目の遍路親父が一巡目の遍路に自慢気に得意気に偉そうに、うるさいほどあれこれ先輩面して世話を焼いている光景に出くわすことは少なくありません。私は回数が多いから、いろいろなことを沢山知っています。偉そうに解説する遍路親父たちに、「違う、違う」と言いたくなることがいっぱいあります。でも口を挟まず、ただ笑っているようになりました。聞かれたら答えるけれども、先輩面をすることはなくなっていました。年月を経て私は、遍路として、ちょっと成長させてもらえたようです。比較することを止めたことによって、私は随分、楽になれました。ありのままの私でよくなったからです。

「同行二人(どうぎょうににん)」のもう一つの意味

今の私は、一一年間、毎月遍路を続けさせていただいていることが、何よりも嬉しいのです。遍路に耐えうる体と時間、交通費などを捻出できるだけの仕事、そして廻りの人の理解などが揃っていないと続けられないからです。どうしても遍路の日にちが取れない月は、日帰りで遍路をしました。いつの間にか、毎月遍路をすることが当たり前になっていました。「同行二人」は、お大師様とふたりという意味ですが、私はこの「同行二人」には、もう一つの意味が含まれていると思えるようになったのです。それは、「私と、私の体と、お大師様」の同行二人です。

この体が許してくれる限り、私は遍路を続けていきたいと、強く思っています。ライフワークになった以上、これからも私はきっと何があっても遍路に行くことでしょう。人は、目標や、やらなくてはいけないお役目が見つかると、頑張って生きていけます。

四国の澄んだ空と、青く美しい海の元に行けば、世俗で起こる細々とした面倒なことや、悩みも、とてもちっぽけなものに思えてきます。

遍路中にいろいろと洗い流し、きれいな心になって本当の自分を取り戻し、私はまた世俗へと戻っていけるのです。

遍路で苦しくなると、決まって私は自分の体に話しかけています。

「疲れちゃったね」

「もうあと10キロだから、もう少し頑張って」

「ごめんね。へんな歩き方したから膝が痛くなっちゃったね。ホテルに着いたらすぐ湿布するね」

「疲労骨折した右足が痛い……。でも、ありがとう。ここまで来れた……」

自分の体に話しかけて、愛情を注ぐことも遍路で教えられました。私たちは、「体」という器をいただいて生まれてきます。命の幕を閉じる、そのときまでずっと体と同行二人です。だから人は、ひとりぼっちじゃありません。意識と違って体は、どんどん年を取って、あちこち痛んでくるけれども、まずは、自分の体を労り愛することを、苦しい遍路修行の中で私は教えられました。自分の体を労れなかったら、人のことも労ることができません。自分が愛せない私をどうして人が愛してくれるでしょうか。

「さあ、行こう。これから三日間、よろしくね」

私は私の体に、そう声をかけて歩き出します。私の体という頼もしい同行者と、お大師様と共に行く遍路は、しんどいことがいっぱいあるけれども、実は、とても楽しくて、にぎやかな修行の旅なのです。

三

強い人なんてこの世にひとりもいない

多くの女性の取材を続けていくうちに、世の中には、もがきながらも前を向いて頑張ろうとしている女性、頑張っている女性が、とても多いと気づきました。まるでネコが「フーッ」と毛を立てて、一生懸命自分を大きく見せて頑張っているような……。

世の中には、見るからに支えてあげたくなる女性と、「あの人は強いから大丈夫」と思われるくらい表に辛さを出さない女性がいます。強い人なんて、この世にひとりもいません。人は弱い生き物です。その弱さを表に出せる女性と、出せない女性がいるのです。弱さを表に出せない女性こそ、人は弱いということを知っている人だと、私は思います。辛さを表に出して人から助けてもらいやすい女性は、辛さを表に出せない女性より案外タフなのではないでしょうか。

誰にも心の内を打ち明けられない。誰にも話したくない、話せない。それでも頑張っている女性が、世の中には大勢います。そういう女性たちが気楽に立ち寄って、彼女たちの話を聞いてもらえ、そして爽やかな気持ちで帰って行けるような拠り所、「ミニ駆け込み寺」が欲しいと思いました。

それで私は一九九九年に池口恵観大僧正のもとで得度をし、仏門の入り口に立ったのです。その後、八年かかって僧侶資格の得られる伝法灌頂という儀式を受け、高野山真言宗の僧侶になりました。さらに一年後、住職になれる資格もいただきました。いくら「見えない者」たちと対話ができても、お経が上げられても、拠り所であるミニ駆け込み寺を作るためには、無資格ではできません。だから私は、高野山真言宗の僧侶たちと同じ道を歩ませていただきました。

伝法灌頂を受けるまで秘密にしてきたのは、得度のときのようにマスコミが、あれこれ批判して書くことにより、本山や僧侶の方々に迷惑をかけたくなかったからです。でも、秘密にしていたがために、僧侶活動をしているにもかかわらず、東京のテレビ局では、「突然、僧侶を肩書きに加えろと言っても……」「ノンフィクション作家のイメージが強いから」などと拒否され、なかなか肩書きを「作家・僧侶」にしてもらえません。

ところで、僧侶の世界では、信者様は女性が圧倒的に多いのに、僧侶は男性が活躍されています。大切な儀式や行事も、表舞台では女性の僧侶を必要としない宗派が多いです。高野山真言宗の場合、女性僧侶の出番は、表舞台ではほとんどありません。でも私は、古くからのしきたりを破って表に出たいなどまったく思っていません。男性僧侶のお経は、本当にステキで、何人かで揃って読経されるときなど、いつも心を震わされます。そういう中で、何が私にできるだろう……と考えたとき、「高野山本山布教師（ほんざんふきょうし）」という資格が見つかったのです。

高野山本山布教師というお役目

高野山本山布教師というのは、高野山真言宗の管長猊下（げいか）の代わりに法話をすることが許された僧侶たちのことで、修行といえるほどの厳しく辛い講習（トレーニング）を受けた末に二度のテストで合否が決まります。「あの講習だけは二度と御免だ」と、本山布教師たちが言うくらい厳しく、過酷で、眠る心の余裕も時間もないほどの日々を泊まり込みですごすのです。

高野山大学の「布教」授業で当時の講師から、

「本山布教師っていうお役目もある」

と言われたとき、(私の求めているものは、これだ!)と確信したのです。お寺が持てるまでは、私が歩くお寺になって、全国を巡って法話をさせてもらい、私から人々の心の中に入っていけばいい。

それで私は本山布教師として、高野山の総本山金剛峯寺(そうほんざんこんごうぶじ)や奥之院で法話をしたり、全国を巡って、お大師様のお言葉を布教させていただいているのです。法衣(ほうえ)を着ていれば、「お坊さん」と見てもらえて、それだけで聞く耳を人が持ってくださいます。高野山(ほんざん)から下りると、私はほとんど普通の格好をしています。お坊さんの格好をしないで、人々に布教法話の活動をし、人々の心の中に「お坊さん」として入っていくことは、とてもとても難しく、修行といえるほどではないかと思います。でも、歩くお寺とは、そういうことなのではないかと、経験を積ませていただくうちに思えてきたのです。

お寺といえば、まわりの方々が心配してくださり、いろいろといい話もいただいていますが、自分がポンと、そのチャンスに乗っかってしまえないのは、時期尚早(じきしょうそう)、「もっと修行を積みなさい」ということではないでしょうか。

「つなぎ歩き遍路」の三巡目だったかと思います。八十七番札所長尾寺(ながおじ)から八十八番札所大窪寺に私は向かっていました。最後の坂を上り始めると、徐々に大窪寺の立派な仁王門(におうもん)

が見えてきます。そのとき、私は、

「お大師様、私は何周（四国遍路を）廻ったら、自分のお寺が持てるでしょうね」

とつぶやいていたのです。私の頭の中は無(む)でした。聞こうと思って尋ねたのではなく、無意識の状態の私が勝手にしゃべっていて、その私の声が耳から入って、私の頭が驚いていたのです。

「一八」

神様仏様そして霊たちの言葉は、心眼(しんがん)に突然、現われたり、頭の中に声が聞こえたり、いろいろな方法で、「無」のときに私に伝えられます。

「一八」という番号の声

あのとき、私は八十七番札所長尾寺から約16キロの坂道を上り続け、疲労もたまり、ゼイゼイハァハァと呼吸をくり返していました。「一八」と番号が伝えられると、私は、

「そうですか、一八回……」

と会話をしている自分の声を聴きました。それから、はっとようやく自分自身に戻れました。

「一八回かぁ……。一八回ねぇ……。歩きでも車でも一八回以上廻れたら、私にふさわしいお寺と出逢いがあるんですね」

と解釈し、「一八回かぁ、一八回ねぇ……」と何度もつぶやいていました。

だから一八巡までは「己れの行（ぎょう）」と思って、遍路修行を続けています。一九巡目以降、ミニ駆け込み寺を持てた暁（あかつき）には、今度は、悩みを抱えている女性や、一歩踏み出したいと思っている女性、そして、問題を抱えている子どもたちと、一緒に遍路修行をしたいと、その日を心待ちにしています。それまでは、私の孤独なひとり行は続きます。

でも目標があるのだから、ひとりぼっちではありません。この遍路ひとり行は、温かな将来につながる大切な孤独行です。遍路をしたところで、誰もが認めてくれるわけではありません。褒めてもらえるわけでもありません。人知れず行う地味な修行ですが、一歩一歩積み重ねることによって結願（けちがん）（八十八番）に辿りつく遍路は、小さな一歩一歩を努力して積み重ねて行く人生と一緒だと思っています。

第三章　ありのままの自分がいる

一

滝行、海行、禊行

一九九九年七月に水行を始めたときから今日まで、私は毎月欠かさず水行を続けさせてもらっています。最初のうちは、行の先輩や行仲間とさせていただいていましたが、ひとりで深夜、水行をするようになって一〇年を超えました。

水行には、滝に入る滝行や、弘法大師空海がされたという海に入り波と対面する荒行の海行。そして、禊場や、私のように毎日自宅の浴室で水をかぶる禊行などがあります。水は冷たいです。だから、どの水行もとても厳しいです。

でも、水に魅かれるのでしょうか。私は、川でも海でも水を見ればとにかく水行をしたくなってしまうのです。たとえ絵や写真でも、水を見た途端、水行をしたくて心臓がドクドクッと音をたて始めます。ところが現実は、いつも白着を持参していて、どこでも水行をしてしまうというわけにはいきません。

私の場合、滝行は、そこのご本尊様や、ご神体、あるいは行場の責任者に許可を貰えた所でしかさせていただいていません。滝行は、水浴びでも、我慢比べでも挑戦でもありません。しっかり結界を作った上で、滝の不動明王様や八大龍王神様方に守っていただかないと行はできません。行者でも、なかなかひとりでは入れない、とても危険で難しい行の一つなのです。

海行は、迫りくる波に目を閉じたまま対面するため、まさに命がけの行になります。その海行を私は毎月、日本海側のある荒波の場所で深夜、月二日から五日——午前零時を挟んで二回行うため、月四〜一〇回はさせていただいています。

密行なので詳しくは書けませんが、午前零時前に一回、日にちが変わって、霊気の高い午前二時から三時を除いた午前四時までに一回、大体四〇分間の海行を年中、ひとりでさせてもらっています。

深夜の海行で、私は特に五つほど、きついと思う夜があります。それはまず、吹雪の夜など厳寒の行。次に台風など時化の行。三番目が、魑魅魍魎に囲まれた中での行。さらに黒い闇夜の行。そして、干潮の行だと私は思っています。

私がいつも海行をさせていただいている所は、一二月に必ず冬最初の大寒波が訪れます。

いつ行に行くか、天気予報を見て決めているわけではありません。数ヵ月前には日にちを決めて、ホテルも予約しています。新幹線が止まらない限り、行に行くことを許されたと解釈して、一ヵ月前からチケットを取って、私は準備しています。だから、チケット入手後に予期せぬ台風が突然発生することもあるし、当日、大寒波が来たり、吹雪いたり強風波浪警報が出たりすることも珍しくありません。それでも、その日の天候や海の状態が、そのとき、私に与えられた行だと思って、有難く受け入れさせていただいています。新春も毎年、一月二日から水行を始めます。年に一度だけ、その海で夫も同行をかけてくれます。

一月から二月にかけての冬まっさかりの寒行は、本当に厳しいです。ところが、寒さに体が慣れてきた二月の寒行よりも、普段の体がまだ寒さに慣れていない一二月の寒行の方が、ずっとずっと体にこたえるのです。

「なぜ、そこまでして、厳しい行をするの？」と自問自答

私が水行をさせてもらっている地は、風の名所でもあります。吹雪く中、あるいは強風に体を叩かれている中で、まずは五大明王様をお呼びして、守っていただくための結界を作ろうとするのですが、寒さのあまり頭が体に命令をしてくれないので、呆然と立ちつくしたままになってしまうときがあります。「塩を盛る！」「（お酒のお供えをするために）キャップを取る！」など、いちいち声を出して脳の代わりに自分の手に命令をします。その後、黒い色をした深夜の海に体を入れていくのですが、あまりに寒いときは、冷たいという感覚がありません。

（あれ？　私、今、真冬の水の中に入っているのに）

と、いつも不思議に思います。冷たすぎて感覚が麻痺しているからかもしれません。

「般若心経」などお唱えした後、合掌をしている両手を離そうとするのですが、手の感覚がなく固まってしまっていて、なかなか解けません。その後、行を終え結界を切った途端、緊張が緩んだのか、ガタガタガタガタガタ全身が踊るように震え出します。呼吸が荒くなって、酸素をいっぱい吸おうと、肺があえぎ出します。足がガタガタガタ細かく震えているので、バランスが取れず立っていられなくなります。手が寒さで固まったまま震えているので、着替えるのに白着の紐が解けません。その前に「紐を解く！」と声に出して体に命令しないと、手が紐にいってくれません。このまま着替えず呆然としていられたら楽なのにと思いますが、放っておいたら、どんどん体温が下がってしまいます。濡れた白着を脱いで、トレーニングウェアのパンツを穿くけれども、そのとき、手が触れた自分の太股に感覚がないのです。自分の体なのに、死体を触っているようで、気味が悪くなってきます。それでも「寒い寒い」と、あえて声を出して自分をしっかりさせます。

体が激しく震えすぎて静止できないので、一歩も歩けず、神様の所まで雪の上を這ってご挨拶に行くこともあります。その最悪の経験があるので、踊るように震えながらでも、なんとか歩いて神前まで行けているときは、

「まだ大丈夫。這っていないから」

と、自分に励ましの声をかけてやっています。手も足も、紙やナイフで切ったように痛くて痛くて、肩や頭に積もった雪まで手を伸ばして落とすことはできません。強風は、傷の上にできたカサブタを剝がすように、容赦なく私の凍えた体に吹きつけてきます。まるで私は、グルグル廻る大宇宙の環の中のチリのようです。その中で、微塵の私が、一心に行をしているというわけです。

すべてが終わったとき、いつも私は、本殿の前で背を向け海を振り返ります。シンシンと音をたてて、大量の白い雪が、天から途切れることなく舞い落ちています。深夜の行場で、天からの雪のシャワーを浴びながら、私は全身を震わせ、体の痛さに歯をくいしばり

ながらも、心穏やかになって、たった今まで行をしていた荒海を見つめています。

「わあ、きれい……」

思わず声を上げずにはいられません。軽い凍傷になった手足は、歯をくいしばっても堪えられないほど痛く冷たいですが、天と雪と海の風景の中にひとり、今、自分がいさせてもらえることに喜びを感じます。嬉しいからか、痛いからか、それとも涙腺の感覚がなくなっているからか、気づくと顔は涙で濡れています。

（私は大丈夫……）

行をして、今日も一心に拝むことができました。誰も味わうことのできない「喜び」を超越したような光を神様が、厳しい行をしたご褒美にと与えてくださったようです。誰が見ているわけでもありません。認めてもらうことも、非難されることも、褒められることもありません。真冬の深夜、海にひとり入りながら、「なぜ、それでも私は行を？」と頭をよぎることもあります。それでも私は行を続けています。天と地（海）と神（仏）と自分が一体化できる、その一瞬のために。

二

行は自然と一体化させてくれる

時化(しけ)のときの行は、真っ黒な海が、根こそぎえぐられながら、ものの一瞬で私に襲(おそ)いかかってきます。うねりを上げる深夜の海は、巨大な龍(りゅう)が何体も暴れている姿にも似ています。その龍が大波と共に、私のいる岸壁(がんぺき)に、大波を引き連れ飛びかかってきます。雨が激しすぎて、目の前の波も海も見えなくなるときがあります。そうして私は、うねり荒れる波の一瞬の隙(すき)を狙(ねら)って、海と体をシンクロさせるのです。

密行なので、ここで行法を詳しく書くことはできませんが、音と風と共に迫ってくる波に対して、「怖い！」という意識と緊張で、筋肉が一瞬にしてこわばります。波にさらわれないよう、どの位置で唱えるか、場所選びも、行のうちだといいます。事故を起こして、絶対に迷惑をかけることのないよう、こういうときは安全確保を第一に、無理も挑戦も決してしないで行をさせてもらうようにしています。

波の迫りくる轟音は、目を閉じて般若心経を上げている私の全身を脅かします。ネコが毛を立てるように、まるで私の全身の毛穴から針が飛び出しているような感覚です。大雨のときは、容赦なく全身を濡らされ、目や耳や口に固まりのように雨が流れ込んできます。私は、高校時代に体育の授業で泳いだのが最後で、泳いだことがありません。だから余計に水が怖い。海は、もっと怖い。そして深夜の海は、食べられそうでもっともっと怖いです。なのに水をこよなく愛しているのだと思います。でなければ、こんなに水行を続けられるわけがないと思うのです。

行は、波や嵐と闘っているわけではありません。たとえ一瞬でも、なんとか雨や海水など、水とシンクロして一体化しようとしているのです。雨が激しすぎると、天など見えないし、1メートル四方さえ壁で囲まれたように見えなくなります。雨が飛び込んでくるので、目も開けられない状態です。それでも嵐の中、まるでヴィーナス誕生の景色の中央に自分が溶け込んでいるような感覚になるときもあります。

こういう自然と一体化させてもらう厳しい行は、誰かと同行をかけていては、心配されたり心配したりで、とてもできないものです。真夜中の嵐の中、ひとり何をやっているのかと、行の最中に自分でも一瞬思うことがあります。それでも私は行じ続けています。

ある夜、自殺のおそれのある女性を捜しに、懐中電灯で照らしながら警察官がやってきました。「さすがここ、夜は怖いですよねぇ」と、私にそう声をかけて、パトカーに乗り、去っていきました。警察官でも怖がる、そういう場所なのです。

厳しい水行の翌日、全身が筋肉痛になることがあります。それくらい緊張して身を引きしめ行じているということなのだと思います。そういう筋肉痛は、行以外では経験がありません。

大雨にさんざん体を濡らされていると、なぜか行の後、笑えてくるものです。大雨の中、ひとり大笑いしている姿は、人が見たら滑稽で不可思議な光景に映るでしょうけれども、実は私は孤独を感じていません。私も雨の一粒になれた気さえしているのです。天から見たら私も雨一粒も海水の一滴一滴も、ちっぽけで無力で皆同じ。壁にぶつかっていたり、心配ごとがあったとしても、雨粒と一緒に流れていった気持ちになれるのです。大雨のとき、生まれてくる笑いは、ダイナミックな禊払いが終わって、いろいろなものが削ぎ落とされたので、体が喜んでいて笑えてくるのかもしれません。それとも、あまりにもビトビトだからでしょうか。ここまで徹底的に濡れたら、面白くもなってきます。

ありのままの赤ちゃんの私

ところで、私は不思議なことを厳しい行のときに限って何度も体験しています。いつも「寒い」とか「怖い」とか大騒ぎしているので、神様が心配されて、時折、若輩の私に救いの手をさしのべてくださるようです。私が水行をしている間だけ、大雨が止んでいたり、荒れ狂っている波が静かになったり、雪が止んでくれたりと、時折奇跡が起こるのです。そして、水行を終えると同時に、バケツをひっくり返したように大雨や波や雪が再開されるときがあります。

奇跡を期待していたら、決して奇跡は起こりません。一心に自分以外のことで拝んでいるときに、本殿の神様が「かわいそう」と思ってくださるのでしょうか。手をさしのべ、助けてくださるときがこれまで何度もあったのです。その代わり、天候に恵まれている夜は、私の気が緩まないようにと、大波が来たり強風が吹いたりと、突然、難しい行に変更されてしまうときもあります。

その夜に与えられた行は、そのときの私に必要な行で、必ず意味があるものと理解しています。命がけになるような行をさせてまで、神様は私に何を教えようとされているのでしょうか。

答えは、そのときに見つけられない場合もあります。水行が終わり、最後に、本殿の神様にご挨拶をするときに答えていただけるときも稀（まれ）にあります。その答えが判って、至福の喜びに包まれるときもあれば、課題をいただき、（まだまだか……）と、さらに答えを求めて考えあぐねるときもあります。泣いたり笑ったり、行の最中は純粋（じゅんすい）で、感受性が強く、ありのままの赤ちゃんのような自分がいるのです。

三

ひとり行をしているときの「怖さ」

深夜の水行の時、魑魅魍魎（ちみもうりょう）たちで溢（あふ）れている中にひとり入って行って拝むのは、まるで「飛んで火に入る夏の虫」です。「やぁ、待ってたよ」とばかりに、一瞬で大勢の者たちに取り囲まれてしまいます。ある者は頭上に、ある者は足元に……。同時に私の中で湧き上がるのは、気持ち悪い、怖い、イヤだ……とネガティブな感情だらけです。

魑魅魍魎たちだけでなく、「大物」もやってきます。歩いて行く先に立って待っている場合もありますし、拝んでいる最中にひとり、ふたりと近づいてくることは少なくないです。拝む時は、ずっと目を閉じています。私は目を閉じると、自分に憑（つ）いてしまった霊や廻りにいる霊たちが、はっきり心眼で見えるので、目を開けているときよりもっと怖いのです。深夜、目を閉じて行をするうちに、聴力（ちょうりょく）と嗅覚（きゅうかく）がとても鋭くなりました。だから、微（かす）かな動きまで聞こえてしまいます。

足音が近づいてくると、いつもゾッ！　ビクッと体が反応してしまいます。怖がってはいけないのでしょうけど、いつも同じ霊が来るわけではないので、本当に怖いです。慣れることは、決してありません。雨上がりは特に、玉砂利の上を歩いて近づいてくる足音が鮮明に聞こえます。ヒタヒタと歩いてきて、私のすぐ近くの右側でピタッと止まる……。たまに左からもやってきます。目を閉じて拝んでいる私の顔を覗き込みにくるのは、よくあることですが、ときには、髪の毛を引っ張ってみたり、足を触ったり、足の指をガブッと噛んでみたり、息を顔に吹きかけたり……あちこちから手が伸びてきます。

ひとりで深夜の行をしなければ、こういう足音も聞かないですむかもしれません。ひとりだから、いじられるのかもしれません。誰かひとりでも隣にいてくれたら本当に心強いです。けれども、ひとりで行をさせてもらっているからこそ、微かな音や、風の中でも、彼らの息づかいで空気の流れが変わったことさえも、体が鋭くキャッチできるのです。

隣に立った甲冑を着けた歴史上有名な武士や、無名の家来たち、これから「三途の川」を渡るために白着を着ている人たちなど、目の前にいる見知らぬ人々をどうしたらいいか——それは行じる私にとって毎回の大変な課題です。その恐怖を感じられるのも、深夜のひとり行ならではのことです。だからこそ、心配してお越しくださった神様を感じることもできるのです。私は、できの悪い不器用で臆病な行者なので、とても恵まれています。本当に危ないときは、神々様が心配してあわてて手を差しのべて助けてくださるのですから。ふたり以上で同行をかけているときは、たとえ魑魅魍魎たちが集まってきたとしても怖さのレベルがかなり違うのです。

魔物さえもすっぽり隠してしまう「黒い夜」

そして、もう一つ、私がとてもとても怖いと感じるのは「黒い夜」です。夜はとても魅力的ですが、夜といっても、いろいろな夜があります。月や星が出ていてくれるだけで、かなり明るいものです。建物などの影にならず、行場の海の上に月が出ているときは、本当に美しくて明るくて、思わず「きれい……」と、ため息がこぼれています。雨やくもりの夜は、どんよりとしていて暗く不気味ですが、雨や、雨が降る前後でもないのに、もっともっと、とても暗い、まさしく黒い夜に当たってしまう行のときがあるのです。

黒い夜は少なくありません。月も星もなくて雲が厚く、とにかく「黒い」という表現がピッタリあう夜が……。そういうときは、不気味なほどに静かです。そして黒い海です。その黒い海がガオッと口を開けて、私を呑み込んでしまおうと待っているように見えるのです。私の体が魔物たちに囲まれているから、あたりが真っ黒に見えるのでしょうか？　気を一瞬でも許したら、魔物に憑かれてしまいます。普段、経験し得ないような極度の緊張が続きます。

その魔物さえもスッポリと包んで隠してしまうような黒い夜は、本当に怖いです。嫌です。でも、そんな黒い夜が、行のたびに半年以上続いた時期が、かつてありました。神々様が何かを私に学ばせようとしていた期間だったのではないかと、今ではそう解釈しています。

一つ階段（ステップ）を上ろうとするとき、必ず難しい課題がふりかかってきます。それらは、私が苦手とすることばかりです。深夜、ひとり行をしているのだから、毎回気を張りすぎるほど張り、緊張しています。それでも人は慣れるものです。そういうことのないように、行じる私の目の前には、次々と難しいことがやってきてくれます。それは行を積めば積むほど難しくなっていくのです。「行を侮（あなど）るな」ということなのでしょうか？　そんなとんでもない！　侮れるものではありません。行は毎回、絶対に違うもので、侮れるわけがないのだけれども……。行のときは必ず、ピアノ線を張ったような極度（きょくど）の緊張が続くのです。

そして最後に私が怖いのは、干潮（かんちょう）のときだと思うのです。行を始めたころは、干潮というと（やった！）と、喜んだものでした。干潮のときは、波に呑まれる心配がないからです。真冬だったら、体が濡れる範囲が少なくてすむと、私は単純に得した気分になっていたものです。ところが、それは甘いと、ひとり行を積んでいくうちに判ってきました。

干潮になると、満潮（まんちょう）のときにあった3メートル近い海水が引いて、海底が現われます。海底は、まさに黒いです。私が行をさせてもらう海底は岩でデコボコしていますが、水たまり一つ残っていない超干潮のときもあります。少しでもいいから禊（みそ）ぐために水に触れたいと、その海底を水を求めて黒い夜の中、先へと歩いていきます。剝（む）き出しの海底は、さえぎるものが何もないので、吹きっさらしになり、真冬は、満潮時より凍（い）てつく寒さを感じることもあります。岩につまずいたり、尻もちをついたり、岩で滑って思わず手で握ったニュルッとしたものに「ギャッ」と叫んでから、海藻（かいそう）と判ってホッとしたり、オドオドドキドキバクバクと心臓を躍らせながら、冷え冷えした暗い夜の海底を歩いていきます。

水は私の原点、ゼロ地点

水は、いろいろなものを洗い流してくれます。海水は、私を頼ってきた者たちを連れ去ってくれます。けれども、水のない干潮のときは、それができません。だからとっても怖いのです。

魑魅魍魎たちが、水で流れていってくれないから、その海底に皆、残っているわけです。そこに私が行き拝ませてもらうのだから、まさに魔物のドツボにはまっているようなものです。

それでも海底に立つと、地球の肌に直接触れている気持ちになるのです。と、同時に体の中に地球のエネルギーが流れ込んできてくれます。深夜ひとり、干潮の海底に立つなんてことは、行でなければ、まず普通の生活でありえません。

怖いけれども、私はなんてラッキーでしょう！　こんなステキな経験をさせていただけるなんて……。天と、海底と、神仏様と自分が一体化した瞬間、理由もなく涙が溢れてきます。天と地球と神仏様を感じ……私はまた、ちっぽけで純粋で無力な自分を認識します。この世に生を受けて本当によかったと、私は全身で感じます。だから、私に与えられたお役目をさせていただきたいと、強く願えるのです。

いかなる行に対しても言えることですが、水行もまた、とてもとてもとても厳しいです。特に冬の間じゅう、軽い凍傷（とうしょう）と痺（しび）れと、あかぎれが続くほど冷たくて、体に負担をかけてしまいます。それでも絶対に止めることはできません。どんなに厳しくても、深夜のひとり水行は止められないのです。

水は、私の原点、私のゼロ地点。行を続けられることが、私の最高の歓びです。だから止められないのです。私は、いつも行場を去る前に本殿の神様に向かって、

「今日からまた頑張っていきます」

と、あえて宣言をさせていただきます。時に去りがたく、子どものように神様の前で「帰りたくない」と泣いてしまうこともあります。普段「家田荘子」という看板を背負って、つっぱって生きている私でも、「赤ちゃん」になって泣ける唯一の場所がその行場なのです。

四

断末魔の表情で両手を伸ばしてくる遊女たち

一九二三年九月一日土曜日、午前一一時五八分。関東大震災が東京を中心に襲いました。家も木も何もかも倒し、いたる所から火の手が上がりました。浅草でも上がりました。その火は千束一丁目、二丁目、三丁目……と焼き尽くして、ついに吉原遊郭にまで襲ってきたのです。木造建築の吉原遊郭内でも、すでに火の手が上がっていました。

約二〇〇〇人いた吉原遊女と、お客たち、そして従業員たちが、大火に包まれてしまいました。逃げ場を失った人々は、遊郭内の吉原公園へと走りました。そこには二〇〇坪くらいの花園池という池（弁天池）があったのです。灼熱の火の恐怖から逃れるために、次々と池の中に着物を着たまま遊女が飛び込んで行きました。池の深さは、4メートルほどもあったと言われています。溺れそうになっている所に、次から次へと遊女が飛び込み……皆、人の下敷きになって溺れ死にました。その数、遊女四五〇人以上、男性五〇人以上、公園以外の吉原遊郭内の死亡者は一七六人と言われています。

　今も、千束三丁目に、花園池のごく一部が残っています。かつては誰もが怖がって入っていけない草ボウボウの暗い所でしたが、浅草ロック座の齋藤恒久社長が、草を抜いて掃除をし花を植えて、とてもきれいにしてくださいました。

　初めてそこに行ったとき、地面から亡くなった遊女たちが酸素欲しさに大きく口を開け、断末魔の表情で苦しみ、両手を私に向かって伸ばしてきました。一瞬にして、何百人という壮絶な姿の遊女たちに囲まれ、ショックと怖さで、私の体は動けなくなってしまいました。九月の昼間なのに、急に体が芯まで冷たくなり、まるで霊気のドツボの中に、私は立たされていたのです。

　私は、遊女の仏さんたちに囲まれたまま、2メートル半ほどの築石の上に立つ観音様に手をあわせ、それから二人のお地蔵様にご挨拶をしていきました。

　私の後ろを何人もの仏さんが、壮絶な表情や、全身黒焦げの姿で、足を引きずりながら、一生懸命ついてきます。私のふくらはぎや膝、踵をいくつもの白い手が土の中から握り締めてきます。肩や背中には、何人も被さってきて、土嚢を背負っているように重たくてしようがありません。

士に半分埋もれている二基の遊女の墓石を見つけたので、私は重い体でかがみ込み、手をあわせました。その瞬間、私の目の前に、当時の吉原の景色が広がり、赤いきれいな着物を着た遊女が現われたのです。遊女は、着物の袖の中に両手を入れ、腕組みの格好で、池に沿って小走りに歩いていきました。何人もの男や女、子どもたちが通りすぎていきます。彼女は、私を意識してたびたび、ふり返って笑いながら、右に曲がり歩いていきます。素足に履いた下駄のいく先を私が追っていくと、神社に辿りつきました。赤っぽい鳥居で柄がついていました。遊女は、私に背を向け、お賽銭を供えてから、二拍手をしないで合掌をしました。

初めて供養させていただいた日

私は、遊女がお参りをしている神社の景観を齋藤社長に話し、心当たりを聞きました。

「あります。それは吉原神社です。僕はあまり行かないけど」

即答でした。すぐに私は、観音様から三分ほど歩いた所にあるという吉原神社に向かいました。

（早く年季が明けますように）という願掛けをしていたのか、それとも（〇〇さんと一緒になれますように）だったのか……。けれども、願いが叶う前に関東大震災で亡くなってしまいました。

私は、彼女が亡くなったことを吉原神社の神様に報告した上で、願を解き、代わりにお礼を申しあげました。戻ってきて、また同じ墓石の前で手をあわせると、今度は白っぽい着物を着た彼女が扇子（せんす）を持って舞を始めたのです。調子のいいテンポで宴会用のような踊りです。遊女の上で桜吹雪（さくらふぶき）が舞っていました。

遊女の笑顔と、桜吹雪の美しさに、涙がこぼれ落ちました。そのとき、私は（私にできることは何かしら）と考えていたのです。

一九九九年一一月から、私は法衣（ほうえ）を着て月一回、この場所で供養をさせていただくことにしました。約一時間半、心を込めてお経を上げてから、掃除をします。

初めて私が供養をさせていただいた日、その地にいた遊女たちが、びっくり顔で私のまわりにゾロゾロと集まってきました。体の焼けている人、パンパンに脹れた体の白い人、誰も目だけはギラギラと光っていました。皆、びっくり顔のまま私を囲って下手なお経を聞いてくれていました。

私は、早く皆に成仏してもらいたくて、供養に行った後は、翌月の供養に早く行きたくて行きたくてしようがなくなるのです。遊女たちの笑顔や舞も見たくて、次第に私が吉原のことを考える機会が増えていきました。

最初に変わったのは、生きている人たちでした。近くの公園にいるホームレスの男性たちや、近所の人が見物に来て、手をあわせてくれるようになりました。お掃除も毎日、ボランティアで皆さんがしてくださっています。

半年ほど経つと、私の声を覚えた遊女たちが、私を取り囲まず、それぞれの場所で私のお経を聞いてくれるようになりました。きれいな着物を着て雨の中、花魁（おいらん）が立っていたので、たまたまお参りに来られた人に、傘を花魁の隣でさしてもらうようお願いしたこともありました。

雨の日に傘をさしてくれた人

ある日のこと、供養の途中で雨が降ってきました。建物がないため外で供養をしているのですが、雨が降ろうが雪が降ろうが、途中で止めることはできません。私は寒さに震えながら、一心に般若心経を上げていました。

するとと突然、雨が頭に当たらなくなったのです。（あれ？）と思いながらも、お経を上げていると、私の頭の上に傘が広げられていることに気がつきました。三〇分ほど前、私の後ろで手をあわせ去っていった男性が、雨が降ってきたので心配して傘を持って戻って来てくださったのです。

私は、ずっとひとりで供養をし続けてきました。誰がそれを認めてくれるわけでもありません。それを期待するなんて、はなからありませんでした。苦しみ亡くなった遊女たちは、成仏してくれるまで人の何倍ものお経を必要とします。はてしなくかかるかもしれない遊女供養を他の人には見えない遊女たちのためにし続ける……。

本当のところ、私は、ちょっと心細かったのかもしれません。そのころはまだ、得度をしただけで修行の身、僧侶になっていませんでした。

傘一本ですべてが報われた気がしました。この私が何か人からしてもらえるなんて、まったく考えたことも望んだこともなかったのです。何かをしてもらうって、こんなに嬉しくて心が温かくやさしくなれるものだったとは……。こんなに嬉しいのなら、私は、もっともっとされて嬉しいことをしてあげたいと思ったのです。

その男性は、供養が終わると、何も言わず、私の後ろでお辞儀だけして去っていきました。今考えると、その男性は、観音様の使い人だったのかもしれません。

遊女たちに楽になってもらいたい一心で

ものの言えない、人の寄りつかない、すさんだ場所で、今まで誰にも見向きもされなかった遊女たちに楽になってもらいたい。家族のために吉原に売られ、遊郭で体を売り、楽しいことなんて、ほんの少ししかなかったかもしれないのに、関東大震災で炎に焼かれ、水に沈められ、命の幕を閉じた後は、お経すらもらえず、ひとりで八〇年近くもがき苦しみ続けてきた……。そういう女性たちに成仏してもらって楽になって喜んでもらいたい。それをさせていただくのが私の一生かけてのお役目だと、私はその傘の男性から教えられたのです。私より、もっともっともっと淋しい人たちが、文句一つ言わず、そこにいたのです。

不思議なもので、供養が始まってから、どんどん仏の道が開けていきました。

もっと上手なやさしい、そして時には厳しいお経が聞きたくなったのでしょう。その後、私は彼女たちの思惑（おもわく）通り、僧侶への道をとんとん拍子に歩かされていったのです。

毎月、吉原の供養をさせていただくこと一八年を迎えました。何人もの人々が、この一八年間に成仏されました。

成仏する日、遊女や男性のお客さんたちは、ひとりひとり、私の前にお礼をしに現われます。きれいな着物や白い行着を着て、お辞儀を深々としたり、満面の笑みを向けてくれたり、かわいらしく手を振ったり、そして背を向け消えていきます。桜吹雪の中に溶け込んで（よかった……）と思っていると、決まって違う遊女が現われます。

「今度は私……」

最近では、扇子で顔を隠したり、扇いだりして遊びながら、ニコッと余裕さえ見せてくれます。一八年です。知らない関係ではありません。

供養の順番が皆の中で決まっているらしく、ひとり昇れば、すぐに次の遊女が現われるのです。私はお経を上げながら、彼女の人生を尋ねます。時には、一緒に涙を流しながら、

「でも大丈夫。もう淋（さび）しくないでしょ？」

と、抱きしめてあげます。

最後のひとりが成仏してしまったら……

毎月、供養の最後に、同じ場所の奥にいらっしゃる吉原弁財天様(よしわらべんざいてんさま)に、無事供養をさせていただいたお礼を申しあげるのですが、いつの間にか「来月も供養させていただけますように……」という祈願(きがん)もするようになっていました。

命があるから供養をさせていただけるのです。命が亡くなったら、来月、私は供養というお役目を果たすことができません。

一生をかけてのお役目が見つかれば、凛(りん)として生きていけます。もちろん人生、いろいろなことが起こり、四苦八苦(しくはっく)以上の苦しみもあったりします。一つのことを三年以上続けられたら、それをすることを許されたのだと思います。一〇年続けられたら、ようやく「新人」の看板をはずしてもらえたかなと嬉しくなります。そこから先は、なんとか続けさせていただきたいと願うようになり、もっともっと頑張れるようになります。生きている人の評価など、あとからついてくるものです。何よりも自分に嘘をつかないこと、そして、天が見ていてくださること、それを忘れないことが、大事ではないかと、今私は吉原の供養を通して感じています。

人には嘘をつけても神様、仏様には嘘をつけません。「やる」と言ったことは絶対やらないといけないのです。だから今月も供養させていただけた……と、感謝や喜びの気持ちで心がいっぱいになります。

一八年前から始めた供養ですが、まだあと二六〇人ほど、成仏できず残っています。最後のひとりが成仏できるまで、私は、このお役目を遂行させていただきたいと願っています。でも、最後のひとりが成仏してしまったら、私は用なしになるのでしょうか？　それもイヤなので、最後のひとりだけは、私の命のある限りは、成仏しないでほしいなんて、自分勝手なことを実は考えてもいるのです。

五

『極道の妻たち®』取材も、霊山も知らなかったからできた

神留坐す山のことを霊山といいます。日本の国土の65パーセント以上が、山だといわれており、神留坐す山、霊山は、その内の約一〇〇山です。山ブームになり、今では山を道場として修行する修験道（山伏）や、山岳信仰をする行者たち以外に、白着を着ていない登山者（カラー族）も多く、霊山に登っています。

　私は、最初こそ行の先輩たちに教えられ、言われた通りのことをしていましたが、もっともっと山の行がしたくなり、ひとりで、次々と霊山駆けに行くようになりました。携帯の交通案内サイトもない時代、時刻表と、山の地図だけで、たったひとりで知らない土地に行をしに行っていたのです。

『極道の妻たち®』を取材した後、「よくあんな抗争の中、住み込み取材なんかできたね」と、人から言われましたが、「知らなかったから。若かったから」できたのです。知っ

ていたら、抗争のさ中、命懸けの取材なんて、怖くて足がすくんでしまって、とてもできません。

霊山も、同じだったのかもしれません。山を知れば知るほど、山のやさしさも厳しさも判ってきます。だから「知らない」で突っ走ることはできなくなります。大変いけないことですが、新人のころの私は、知らない土地の知らない霊山駆けを怖いもの知らずで、たったひとりで次々と登拝させていただいていたのです。ただ、携帯の道案内などない時代ですから、地図だけはしっかり暗記していました。白着のポケットにも、ビニール袋に入れた地図は持参していましたが、どうせ「大雨女」です。大雨で、地図を見る余裕などないと思ったからです。

いろいろと知ってしまうと、理解できて冷静になってくるものです。ひとりで知らない霊山に登っていたころは、神留坐す山に対する情熱だけで突進していたように思います。「お山の神様に早くお会いしたい！」その一念で全国の霊山を巡っていました。山に登拝行をする行者たちは、「死に行く」ために白装束で行に臨みます。山に入って行をして生まれ変わるという意味です。ひとりで知らない土地や山へ行った私は、まさに「生還」できたわけです。無鉄砲な私は、毎回本当に神々様に助けられていたのだと、振り返るたび、感謝でいっぱいです。

初めての出羽三山（でわさんざん）

特に山形県の出羽三山（羽黒山（はぐろさん）、月山（がっさん）、湯殿山（ゆどのさん））に初めて行ったときの経験は、私の人生に大きな影響を与えてくださいました。山形県の鶴岡市（つるおかし）に行って、そこから、バスで月山へ行くという交通ルートをよくも見つけられたものだと、未だに一八年前の私に感心しますが、初山で、月山から湯殿山への初奥駆け（はつおくがけ）という、大変難しいひとり登拝行を大雨の中、させていただいたのです。

月山八合目から登り始めましたが、大雨で日没（にちぼつ）近い夕方のように暗く、登山者もいません。しかも私は当時はまだ行の先輩たちの言うことを聞いて、白いスニーカーと「カッパ」でないといけないと信じていたのです。今から見れば、山をバカにしたような軽装でした。翌年からは、しっかりと山装備をして、岩場の多い月山にふさわしい山靴も履き、出羽三山の霊山行に臨んでいます。

山の中の道は、雨水の通り道で勢いある川になっていて、その中に入って登っていきます。すぐに膝（ひざ）から下は、びしょ濡れです。雨足（あまあし）が強く、前も足元も見えません。私は小柄なので、両手で抱えて這っていかないと渡れないような巨岩もあります。

「月読命様の元へ一分でも早く……」

　その一心で、頂上まで登らせていただきました。が、雨は激しくなるばかりです。月山頂上から湯殿山へ奥駆けをしようとする私を四方八方から霧が包み込み、1メートル先も見えなくしてしまいました。まさに孤独行です。山々が連なる大自然の中で、たったひとり、私だけが存在するような猛烈な孤独さです。その孤独と、霧や雨の壁に押し潰されそうになりながらも、小さな私がもがいています。とてつもなく怖くて重く暗い孤独です。一つ曲がる所を間違えたら、次々と違う山へ行ってしまい、この大雨濃霧の中では、戻って来られないでしょう。古い鉄梯子を下りたり（今は改善されています）、膝までズボズボと川になった道を歩いたり……。

「大丈夫？　本当に湯殿山へ行けるの？　大丈夫？　この道で間違いないよね？」

と、怖いから何度も声に出して自分に問いかけています。広い場所では大雨で、川や池ができているので、正しい道が隠されてしまうのです。

　私が無事に下山できる確証など、何もありません。さらに最後に現われたのが、恐ろしい崖道でした。雨水が、足を抄いそうなほど強い勢いで流れています。その中にズボズボと入って急な崖道を下りて行かないといけないのです。摑（つか）めるものは、何もありません。水中にある足元も、泥水でほとんど見えません。さらに、そのずっと下方にあるのは滝です。もし足を滑らせたら、ころげ落ちて命はありません。怖くて怖くて足がすくんでしまいました。

山歩きも人生も同じ

そのとき、私は山から教えられました。これは人生と同じ。怖いから、早く下りたいからと大きな一歩一歩で山を下りれば、バランスを崩して、奈落（ならく）の底に落ちるかもしれません。時間はかかるけれども足元を確かめて、自分の歩幅よりもっと小さな一歩一歩で行けば、安全に麓に辿りつけます。人生も、小さな一歩一歩を積み重ねていれば、土台がしっかりしているので、何か悪いことが起こっても、全部は崩れません。大きな歩幅の人は、生き方が器用そうで羨（うらや）ましいですが、何かあったとき、中身が薄く、崩れ去るかもしれないのです。

そういうことをひとり行の奥駆けで教えられたのです。ふたり以上で行をしていたら、こういうことは学べませんでした。

「大丈夫だよ、その小さな一歩一歩で……」

と、山から教えてもらえたのです。孤独でいると、人と比較して、自分が遠回りをしていたり、損をしているような気持ちになることがあります。でも、山の神様が、

「それでいいんだよ。あなたはあなたのままで……」

と、最も危険な場所で、私に手を差しのべてくださったのです。

あれから一八年。私は毎年、必ず九月に出羽三山の登拝行をさせてもらっています。これからも命ある限り、毎年登らせていただきたいと強く願っています。

人に会わなければ、私がひとり行をしているなんて誰も知りません。たとえ何人かが知ったところで、何の変化もありません。いつも変わらず真摯（しんし）に心を込めて、行を積み重ねて行くだけです。でも、そういう純粋な気持ちを山の神様だけは、見てくださっていたのです。だから行のときに、嘘をついたり、かっこつけたりする必要がまったくないのです。ひとり行は、自分を見つめ、自分と対話し、理解する修行の一つだと思います。苦行をすると、ボロボロになった自分がかわいく思えてきます。そういうときは、頑張ってくれた自分の体に、

「ありがとう」

と声をかけて、労(いたわ)ってあげます。

でも、私のような荒(あら)ひとり行(ぎょう)は、決して真似(まね)をしないでください。命がいくつあっても足りませんから。

第四章　ひとりで一歩を踏み出す

一

別れは第一歩を踏み出すスタート

「離婚をしたいけれど、ひとりになるのが怖いからできない」「淋しくなるから彼と別れられない」

という相談をよく受けます。

離婚や恋人との別れに淋しさが代償としてついてくるわけではありません。離婚や恋人との別れは、新しい第一歩を踏み出せるステキなスタートではないでしょうか？　苦しみも淋しさも悲しみも自分の心の捉え方次第で、大きくも小さくもなります。

「淋しくなるから」「ひとりになるのが怖いから」というと、聞こえは柔らかで、悲劇の主人公みたいに同情を買えそうですが、本当はまだ「執着している」と、恥部を暴露しているようなものです。

離婚したい、恋人と別れたいと思う半面、あなたがまだ執着しているものは何でしょうか？　執着しているものと離れることは、大変なことです。執着とは、煩悩（ぼんのう）の一つなのですから、離れ難いことは当たり前のことです。でも、執着しているということを自分で受け止めて理解し、そのモノを手放すことができたら、ひとりになるのは怖くありません。これまであなたを苦しめていた煩（わずら）わしいことから解き放たれて清々（せいせい）し、これからの前向きな人生に心がときめくと思います。だって自分で決めたことなんですから。

新しいスタートを切って、新しい人生や新しい世界に入っていけるチケットをいただいたのです。ステキなことだと思いませんか？　これからの可能性は、無限大に広がります。

ひとりになることを恐れないでください。ひとりになることは怖くありません。別れたから恥ずかしいとか、人から後ろ指さされるのでは？　とか、余計なくだらないことは考えないでください。無責任に言いたいことを言う人は、確かにいます。でも、人が何を言おうと、その人たちが、あなたの人生をケアしてくれるわけではありません。

ひとりでいることの淋しさより、夫や恋人と一緒にいるのに、相手の心が離れているときの淋しさの方が、よっぽど淋しいものです。

不倫で押し潰されそうになった私

私が過去に一度だけ不倫をしたとき、いつを境にか判らないのですが、ふと気づいたら、押し潰されそうなほど大きな淋しさに襲われていました。恋をして楽しくて楽しくてお互いに燃え上がっていたはずなのに……。そして、私は彼のことが好きで好きで、一生懸命、夢中で恋をしていたはずなのに……。あるとき、突然、遠くに行ってしまうのではないかという恐怖にも似た淋しさを彼の背中から感じてしまったのです。

彼も恋をして、とても楽しかったと思います。でも私には言えず、悩んでもいたのだと思います。「家庭」という私が知り得ない、もう一つの世界を彼は持っていたのですから。以来、私は彼の視線が怖くなりました。いつもと変わらないやさしい視線ですが、その視線が宙を泳ぐときがいつかくることを恐れていたのです。一緒にいるのに彼の心を共有しきれない。愛されているのに、いつか別れがくると、そのときのことを考えて頭が爆発しそうになる……。淋しくて淋しくて、彼に会っていないとき、私はよく泣いていました。

毎日彼は、家に帰る直前、私にその日最後の電話をかけてきました。「おやすみなさい」と、いつものように明るく言って電話を切ったその瞬間から、辛い淋しさが押し寄せてくるのです。深夜、レインボーブリッジ（東京湾）がきれいに見える秘密の埠頭に車を停め、彼のことを想ってひとり泣いていたら、見まわりをしていた警官の、職質に遭ったこともありました。

　はたしてある日、突然、別れがやってきて、会えないだけでなく連絡も一切、止まりました。私の心は錯乱し、一ヵ月、食べ物が喉を通らず、点滴生活となりました。さらに、考えることをしなくていいよう、抗うつ剤の力も借りていました。

　でも、よくよく考えてみれば、彼を失って淋しいのではなく、「彼」と「彼とつきあっている私」に執着していたから、私は苦しんでいたのです。失望のあまり衝動的に命を絶つことまで考え、ベランダをウロウロしているときに、心配して訪れてくれた当時の担当編集者さんに命を救われました。

　心の傷も治ってきた半年後、偶然、彼に再会しました。そこには、苦しみを乗り越え少しだけ大人になった私がいました。何をしても何を言っても彼のことが好きで夢中になっていた私でしたが、

（なんだ、こんな男のために命を捨てようとしてたなんて……）

　ようやく目が覚めました。私の執着心が、ポロリと落ちた瞬間でした。あの淋しさの元は、私のくだらない見栄や執着心、そして、結婚したいという目標を断たれた苦しみだっ

たのです。さらに、苦しみや淋しさに耐えている自分が愛しくて愛しくて、可哀想と自己陶酔していたわけです。

それから後は、時折その人のことを思い出しはするものの、苦しい淋しさが訪れることはありませんでした。

一緒にいるのに淋しいと感じる「淋しさ」

人には必ず別れがきます。夫婦でも、恋人でも、家族でも、友人でも必ず別れがきます。誰もが経験する辛く哀しい別れですが、それを別れる前から恐れ、執着し、もがけば、もっと辛くなるのは自分だけです。人には必ず別れがくると言うと、なんだか水を差して嫌がらせをしているようですが、ひとりになることを心配して落ち込む時間があれば、今を一生懸命生きてください。

一緒にいるのに淋しいと感じる淋しさが、どんなに辛いか、そして、その淋しさから解放されたとき、どんなに心が楽になれるかを私は辛い不倫恋愛から知りました。

一〇年以上前になりますが、最後に離婚した男性との結婚は、未だに思い出すたび、（なぜ結婚してしまったのか）と後悔しています。私の人生における後悔は、このことだけです。夫に恋人がいて家にも帰ってこない日が続き、ポツリと残された私は、淋しさにまた囚われていました。けれどもそれも執着でした。夫の抱えている金銭問題を何度も解決してきたので、それを返してもらうまではと、私はお金に執着していたのです。

　お金の執着から離れるのに、本当に長い、辛い時間を必要としました。「高い授業料を払った結婚」と、自分で受け止め、返ってこないお金のことを水に流すことが、どうしてもできなかったのです。夫は夫で、まだ「結婚」ということに対してか、私に対してか、価値があると思っていたようで、恋人の体内で新しい生命がどんどん育っているのに離婚は頭の中になかったようです。ふたりの女性を苦しめていたわけです。ひたすら「離婚しどき」を待つ、まるで蛇の生殺しのような毎日……。過去にも未来にも経験したことのない淋しくて苦しく辛い毎日でした。

　その苦しみと淋しさは、その後、戸籍謄本に知らない女性の名前と、かわいい名前が載っているのを見つけた瞬間に消えました。「離婚しどき」が、ついに来てくれたのです。

　ひとりになって、ようやく私は自分の人生を取り戻しました。これから先の一分一秒も、すべて私のもの。私がやること、言うこと、すべて自分のもの……。ゼロより減ってしまった再スタートですが、もともと何もない所から、借金をして莫大な量の取材をして作家になった私です。大変な遠廻りですが、またマイナスからコツコツ積み上げていくしかないのです。でも今度は、自分の血となり肉となり、いつかはきっと未来への道にも光が当たってくれることでしょう。

「離婚をくり返すとんでもない女」

と、陰口（かげぐち）だけでなく、面と向かって言われたこともありました。でも、しようがないではありませんか、上手くいかなかったのですから。言いたいことを言わせておけば、そのうち、その人たちも飽（あ）きることでしょう。そういう人たちの言葉やＳＮＳに一喜一憂（いっきいちゆう）していたら、ストレスだらけになって自分自身が可哀想です。

　誰に何と言われようと、その人たちは私の人生を背負ってくれるわけではありません。人それぞれの人生に答えも正解も一つではありません。人が生きていくのですから、価値観も生き方もひとりひとり違うし、山や谷が訪れるのも当たり前のことです。人の中傷は、耳に入れなければいい。入ってしまったらすぐ聞き流す。そして、見なければ知らないですみます。いちいち反応しないよう心がけてください。もちろん、それをすることは大変難しいことです。でも苦しいのは自分の心ですから、耳に入れない、反応しない努力をしてください。傷ついたら、相手が喜びます。人を喜ばせることは、とてもいいことですが、こういう方法で、絶対に人を喜ばせてやりたくはありません。

離婚によって解放された

その夫から離婚によってようやく解放された私は、返ってこない金銭的なことでは痛手が残ったものの、ひとりで食事をすることの楽さ、安らかさ、ひとりで家の中の空気を独占し、自由にすごせる楽しさや快適さを十二分に楽しめるようになりました。作家にとって大切な「感性」が、痛い結婚生活ですり減っていく心配や恐怖を抱く必要もなくなりました。これが私にとって、最も大切なものだったのです。

くり返しますが、花は咲きどきを知っています。どんな冷夏や暖冬、大雨などで季節感覚が鈍ってしまったとしても、その季節が来たら必ず花が咲きます。

私たちは、人生の咲きどきを知りません。でも花と違って、季節に関係なく何度でも花を咲かせることができます。一度咲いたら、おしまいでもありません。花は根づいた所でしか花を咲かせられませんが、私たちは、別の場所へ行っても花を咲かせられます。

散っていく花びらに執着してもがいているのなら、潔く花びらを落として新たなスタートを切る勇気を持ってください。人と別れた後は、家が広くなった淋しさや、心に風が吹いている寒さを多少感じるかもしれません。でも自分のためのスタートと思えたなら、もがくほどに苦しい淋しさは訪れません。決してお酒や他の男に依存しないでください。いいことは一つも起こりません。大丈夫です。前を向けた人は、ひとりを楽しむ方法も心得ていけるものです。

二

誰が勝者でも敗者でもない

孤独な人のことを、とかく弱者呼ばわりや変わり者扱いをする人たちがいます。この世の中では、結婚をして、子どもがいて……という女性が、結婚をしていて子どものいない女性や、シングル女性より、圧倒的に多いようです。結婚をして子どもがいる女性から、勝者のごとく見下されたことはありませんか？　でも、そういう女性たちを敵にまわさない方がいいので、敗者のごとく口をつぐんでしまう人もいます。

かと思えば、お金にモノをいわせ、夫の高くない給料で、母として妻として一生懸命やりくりしている女性を見下しているシングル女性もいるのですから、本当のところは、誰が勝者でも敗者でもないのです。

私は、子どものころから、人に溶け込めず、変わり者として生きてきました。口数が少ないのと、口下手（くちべた）なので、常に誤解（ごかい）を受けやすく、いじめられもしました。初めていじめられた小学生のとき、教育熱心で、鬼のように厳しい母親に言ったところ、「いじめられる方が悪い！」と怒られました。「ひとりっ子だから甘やかして育てている」と人から後ろ指をさされないよう、とにかく母親のように何でも努力して一番を取れと、どんくさい私は、物心ついたときから怒られ、叱られ、殴られて育てられました。
「いじめられる方が悪い！」と、いじめられて悲しんでいる私が怒られたのは、ショックでした。でも私の口下手でネクラな性格だからこそ、いじめられるのだと、母親は言いたかったのかもしれません。あるいは、私の心を強くして乗り越えさせようとも思っていたのかもしれません。何も言われなかった私は、母親の内面まで探ることはできず、そのときは、ただただ辛かったです。

　私の子ども時代、我慢することばかり教えられてきたので、私は自己主張することがとても苦手になってしまいました。「いじめられる方が悪い！」と怒られてしまったので、私は（人に言っちゃいけないんだ）と、子どもなりに解釈しました。と同時に、（皆、苦しいことや悲しいことがあっても、それを心の奥にしまい込んで笑って生きているんだ）とも思ったのです。

　この経験から、後に予期せず作家になったとき、心の奥にしまい込んだものに光を当て、人それぞれいろいろな生き方があるということを伝えさせてもらいたいと思ったのです。光の当たっていない世界や、光の当たっていない人、いわゆる弱者にしか、まったく私の意識が向きませんでした。

どう生きていくかは、自分で決める

私は、自分の価値観の「ものさし」を人に当てて比較し、勝者であるかのように見下して生きている人たちに、「こういう生き方もある」「こうして幸せを感じている人たちがいる」など、価値観というものさしは、ひとりひとり違うことを知らせたくて本を書き続けてきました。でも、そういう人たちは、はなから私の本など目にも止めず、読んでくださっていないようです。

自分が、どう生きていきたいかは、自分で決めるものです。決まっていなくて心がフラフラしていると不安ですが、決めてしまえば、心が揺（ゆ）らぐこともなく、まっすぐ突き進めます。まっすぐ目標に向かって、一心に突き進むことを仏教用語（ぶっきょうようご）で「不退転（ふたいてん）」といいます。不退転で、自分らしい人生を歩んでいけば、たとえ孤独な道を歩くことになったとしても怖くありません。怖がっているのは、孤独を選んだあなたではなく、実は孤独をバカにしている人たちこそが、孤独を最も恐れているのです。

自分の価値観を大切にしてください。一〇代二〇代のころは、人と一緒でないと不安になったり、仲間はずれにされやしないかと、あえて同じように歩調をあわせたりもします。

私が大学生のとき、同級生にはお金に余裕のある家の娘が多く、ブランドものが流行する時代の前から皆、ブランドもののバッグを持っていました。ブランドものを持っていないと、さりげなくバカにされるので、どうしても私は欲しかったのですが、そんなもの、とても買えません。当時住んでいた神楽坂の商店街の「何でも屋」みたいな所の店頭で、よく似た柄のパチモノ、バッグが売られていました。そんなものでは、もっとバカにされることが判っていながら、欲しくて欲しくて毎日そこを通るたび、買っちゃおうか、やめようかと迷っていました。私がそれを買わなくてすんだのは、まわりの同級生が、また別のブランドのバッグも持ち始めたからです。次々と高級バッグを替えられたら、もう私は、ついていけません。

その後、私は教職課程を取ったのと、マクドナルドのアルバイトを始めたので、大学でもプライベートでも、とても忙しくなり、同級生たちとベッタリでなくなりました。

皆と一緒でなくていい

皆と一緒でありたい。ところが、それができないのに無理して皆と一緒でいようとすると、とてもとても辛くなります。また、できたとしても、一緒であり続けることにいずれは飽きてきたり、疲れてきて一緒にいられなくなります。

人は、親も家も、国も時間も選べず生まれてくるのですから、違っていて当然です。なんでも一緒は無理です。でも、一緒をよしとしている人たちと、かなり違う生き方をしていると、楽に生きられます。少しの違いなら、「あなたもそうしなさいよ」と、とやかく言われる範囲内にいますが、そこから突き抜けてしまうと、せいぜい「変わってるわね」「へんな子」と言われる程度で、うるさく言われなくなります。

「私は私でいいの」と思えた人は、孤独も怖くありません。むしろ私は、どんな孤独を味わうことになるか、孤独をどう楽しんじゃおうか、ドキドキしています。わずらわしいことがいっぱいくっついてくるのなら、孤独でいた方が、自分のことを一番に考えてあげられます。どうしたら自分自身が心地よくなってくれるか、どうしたら自分らしいファッションができるか、明日の午後をどう使おうか……など。

自分のために使う孤独の時間は、とても愛おしいものです。忘れないでください。孤独を非難したり、バカにする人ほど、本当は孤独のすごし方が判らず、独りぼっちでは何もできない最も孤独を恐れている人たちだということを。

人にあわせて疲れ果て後悔したら、ぜひ孤独の時間に戻って来てください。そして、「私は私の生き方でいいのよ」と、自分を労ってあげてください。比較できない次元まで行ってしまえば、こっちのもの。人がとやかく言うのも耳に入ってきません。人にあわせなくていい、しがらみが少ないってことは、生きていくのが随分楽になります。楽にといったって、社会生活をしている以上、私たちの肩には、いろんな重いものがのしかかっています。ただ孤独を選べば、その重い重いものを少しだけ軽くできそうです。

三

人に気を遣わない食事の愉悦

淋しがり屋というと聞こえはかわいいですが、ひとりでいることに抵抗を感じている人や、ひとりでいることを恥ずかしいとか、かっこ悪いと思っている人は、ひとりで食事ができません。その人にとってカフェは、誰かとお茶を飲み喋る所であって、自分のためのくつろぐ空間ではありません。食事もひとりで外食することは、かっこよくないと思っているので許せません。

人に対して気を遣わずに食事ができるって、すごく楽です。ひとりで気楽に行けるお店をいくつか確保しておけばいいのです。お店というのは、初めて訪れるときは、接客はよくはしてくれるものの、探りも入り試されています。二回目に行くと、接客の仕方に柔らかさが加わります。徐々に自分の好みを覚えてもらえます。

私の場合、嫌いなものは、無理をしないであえて残します。いいお店なら、残したものを必ず覚えていてくれます。好きなものは、お皿を下げるときに「美味しかった」とか「これ大好き」ということを素直に必ずお店の人に言いましょう。覚えてくださいます。何回か行けば、嫌いなものが、お皿の上に乗っていなかったり、好きなものをさりげなく出してくれたりします。そのうちに、とても居心地よい店となって、もっともっと行きたくなります。

カフェだって、大型チェーン店でなく、個人経営の所なら、きっと好みを覚えてくれます。だから癒やされにまた行きたくなるのです。そういうお店が、いくつかあれば、余計にひとり飲食が楽しく居心地よいものになります。

私は、「ながら族」なので、食事やお茶をしながら、いつも本を読んでいます。本がないと食べられないくらい習慣づいているので、本がないときは、飲食前に書店がなければ駅売店やコンビニでも、とにかく何か文庫を買って行きます。机に向かって本だけを真剣に読むこともできないし、食事だけをすることもできないのです。両方一緒にすることが、私のとっても好きなことであり、安らかな時間になっています。この時間が欲しいので、私はひとりで食事をしたいのです。

でも、何かをしながら、スマホいじりやゲームをすることはできるだけ避けたいものです。機械に依存している姿は、あまり美しくありません。食べているときくらい強烈な電磁波から解放されてみてください。食べながらスマホをいじっている姿こそ淋しそうです。おそらく、ひとりでいづらい人が、スマホで、そこにいない人と交流しているのでしょう。

スマホ片手に遍路(へんろ)する人

ひとり旅もまた、凄く気楽で楽しいものです。ところが、四国八十八ヵ所を巡る遍路中、景色や道しるべをまったく見ず、スマホで、そこにいない人にコンタクトしながら歩いている人がいます。

せっかく遍路に来たのですから、スマホに依存して、そこにいない人にコンタクトし続けるより、スマホはしまっておいて、遍路をしながら、景色や自然を楽しんだり、地元の人と交流してはどうでしょうか。スマホをいじっていたら、地元の人も他の遍路も、遠慮(えんりょ)して声をかけられません。何をしに遍路に来たのでしょうか？

孤独な人は、他の人と交流することを否定しているわけではありません。しっかり人と交流しています。ただ、守るべき自分の領域(りょういき)を皆、持っていて、それを大切にしているだけなのです。だから人の領域を尊重(そんちょう)し、入り込みすぎない代わりに、人にも土足で自分の領域には入っていただきません。

遍路に来れば、地元の人々と交流して、いろいろなことを教えてもらったり、自然と溶けあい、心や体の洗濯もされます。山に登れば、すれ違う人々との「山の挨拶」も欠かせません。仕事場でも、皆でどこかへ行くときや、会合などには、断らず参加します。孤独が好きな人は、決してすべての交わりを拒絶しているわけではありません。自分の時間を大切にしたいがために、社会にしっかり参加するものです。自由が欲しいなら、法律を守るのと同じことです。

「ひとりがいいの」と、頑なに拒否したり、皆の前に姿を現わさなかったり、家の中にずっと閉じ込もっていたり、理由をつけては逃げるのは、単なるわがままだと思います。嫌なことも、社会の中でつきあってこそ、孤独の時間がより有意義なものとなり、その時間が生きてくるというものです。だからこそ、社会でのルールや思いやりはしっかり守り、オンとオフとを見事に切り換えて、「ここからは私の時間！」と「ひとり」も楽しんでください。

ひとり旅ってかっこいい

私はときどき、思い立って、京都へひとり旅します。今は、外国人観光客がもの凄く多くてホテルが取れず、ほとんど日帰りです。それでも疲れ果てるくらい、一日であちこちに行けます。ＪＲ東海の「そうだ　京都、行こう。」のポスターを見るたび、「心を休ませてあげようよ」と体が私に言ってきます。「京都に行きたい病」が始まると、とにかく京都へ立ち寄ろうと、その気持ちでいっぱいになります。だからまた仕事を頑張れます。

龍谷大学の龍谷ミュージアム（仏教総合博物館）で、水に関する神様仏様の企画をされていたので、それを見に行くために京都へ行きました。ちょっと素敵でしょう？　ひとり旅って、私はかっこいいと、京都にひとりで行くようになった二〇代の初めのころからずっと思っています。

ひとり旅というと、悪いことがあったとか、「傷心ひとり旅」と言う人もいます。たとえ失恋癒やしの旅をしている人がいたとしても、私は、かっこいいと思います。なぜなら一歩前に出なければできないことだからです。誰かが一緒にいてくれないと旅一つ行けない。ではなく、ひとりでも、どんどん、あちこち行きたい所に行ってしまう……それができるのは、やっぱりポジティブでステキなことだと思います。

ひとり旅は、自分でスケジュールを立てられます。（このお寺の庭、もの凄く好き！

だからもっといたい）と思えば、ひとりなら、連れのことを気にしないで、ずっといることができます。疲れたと思ったときに休んだり、お茶したり、人のことを気にしないで、自分の体とだけ「疲れた？」って話をして、休憩タイムを決めることができます。人に相談しないで、自分の行きたい所へ行って食事をし、値段も相手にあわせて、高いものや安いものを注文しないですみます。バスに乗っていて「寄りたい！」と思ったら、すぐに途中下車できます。心魅せられた仏像の前で、ずっとずっと手をあわせていることだってできるのです。

ホテルに泊まるならば、そこは、自分だけのいつもと違う空間です。ひとりで自由に使っても、自宅のように片付けしなくていいし、足りないものは、ホテルマンに電話するだけでいい。普段と違う空間ですごすことで、心が優雅にもなります。観光客と自覚したら、「千年の都」のプライドのある京都でも、あるいはどこの町でも、人に気軽に尋ねることができます。観光客なので、知らないから聞くのは、当たり前のことです。旅は、かっこつけず、素になればいいのです。ひとりなら、誰かに対してかっこつける必要はありません。また、自分が意識するほど、人は自分を見ていないものです。

先日ですが、昔ながらのカステラを販売している老舗があることを知り、卵たっぷりのそれが食べたくて、また京都に行きました。地下鉄に乗って、お店に電話で場所を聞いても迷ったりしながら……。それが楽しいのです。やっと探し当てたお店には、喫茶のような空間もあり、京都産のお煎茶と一緒に念願の昔ながらのカステラを口にしました。お味の方は、私の好みとは少し違っていたのですが、帰りは二駅分、ブラブラと歩きながら、頭の中は（ああ、楽しかった）で、いっぱいです。

笑い声の大きさにびっくりして、声の方を見ると、女性が何人かで旅しています。今夜、何食べるか、すぐに決まるのかな？　やっぱりリーダー的存在がいるだろうな。皆でお風呂に入ったりするのかな？　嫌だな。皆、平等に仲よしなのかな？　団体はめんどくさいな……。というようなことを考えながら、私はひとり、歩き去ります。

遍路もそうですが、五〇〇年、一〇〇〇年以上前の人々がかつて歩いた道を実は自分が今、歩いているのだと思うと、道や歴史をつなげているひとりに思えてきて、私も大切なひとりなのだと感じられます。その道を今、私も歩かせてもらっているのです。こうして自分を見つめ、自分を知ることができるのが、ひとり旅なのです。

ひとり旅に、とにかく楽です。ホテルや旅館の予約と、交通チケットさえしっかり取っていれば、どの町だって、ひとり旅を歓迎してくれます。あとは、あなたが、どれだけその町と自然の中に溶け込んでいけるかだけです。

四

三度目の結婚と、離婚

心が弱くなっているときや、失恋したときなど自分のレベルが下がっているときに近づいてきた男と、淋しさを埋めるためにつきあってはいけない――なんてこと、判りきっていたのに、私もやってしまいました。最後の離婚をした男です。一番悪いときに出逢い、結婚までしてしまったのです。

ちょうど失恋をして、別れた彼のような人に出逢いたいと、心がとても弱まっている時期でした。(この人かもしれない)(この人こそ彼のような人かもしれない)と、出逢う人に次々と期待をかけるのですが、二度目会いたいと思える人が、なかなか現われず、彼がいない淋しさと焦りを感じていたときでした。

いい人と出逢って、もっと幸せになり、別れた彼を見返してやりたいという気持ちもあったと思います。そんなときに出逢った男の強いアプローチと、巧(たく)みな嘘だらけの話術に私は、軽く釣り上げられてしまったのです。

「淋しい女」は、元夫にとって美味しい恰好（かっこう）の獲物（えもの）だったと思います。私の仕事の一つは、ノンフィクションを書くことです。取材をして事実だけを書いていくノンフィクションは、小説とは真逆のジャンルです。取材をさせていただくとき、取材対象者の言葉が真実であるかどうか、何度も別の角度から質問したり、裏付けを取ったりします。なのに、心が弱っていたとき、プライベートで出逢った男の嘘がまったく見抜けなかったのです。

もし私が、あのとき、恋人がいなくて淋しいということを負い目に感じていなければ、嘘だらけの話術にふりまわされることもなかったと思います。だめだと判りきっていたことなのに、私もやっぱり罠にはまってしまいました。

自分が「淋しい」ことを恥（は）じていたり、早く淋しさから抜け出したいと焦（あせ）っているときは、ろくな縁がやってきません。自分のレベルが落ちているときには、その低いレベルの縁が集まってくるものです。そうして、自分が前を向いて一歩前に踏み出せたら、そのアップしたレベルの所にいる人たちの縁が集まってきます。

「ひとりがいいの」と、私が焦らず納得できていたら、三度目の結婚と離婚はなかったと確信しています。

はたして、すぐに夫の化けの皮が剥がれ、もっともっと淋しい結婚生活となってしまいました。幸せになりたいと願いを込めて、大きな大きな「幸福の木」を買ってみたり、幸せに見えるように、高い派手なスーツを買いまくって颯爽と歩くふりをしていました。スーツを買う瞬間だけは、「最悪の結婚生活を実はしている」という淋しさや虚しさを忘れることができました。

でもそれは、そのときだけでした。すぐ散財して、財布が薄くなったことの後悔が始まり、他の支払いをどうしようかと、余計に落ち込みます。今シーズン発売のステキな色のスーツを着ても心は満たされず、私はもっと淋しくなって、またスーツを買ってしまうのです。「スーツ依存症」ですね。

根本の原因を解決させなければ、こんなことくり返したって心は満たされないと判っていてもまた買ってしまう。買ったことを忘れて、同じスーツをまた買ってしまったこともありました。

数えきれないほどのスーツに囲まれた私は、淋しさにも囲まれていました。だ、「淋しい」と言えない、そして「淋しい私」と見られたくない私は、外では、つっぱって生きていくしかありませんでした。

「淋しい」と認める勇気が必要でした。そして、「だから何なの？」と、開き直る勇気も。

自分の弱さを認めてしまえば、もう淋しくなくなるのです。

守ろうと執着（しゅうちゃく）するものがあるほど、心がもっともっと淋しく、せつなくなっていきます。

夫と離婚した後、私は淋しさと「スーツ依存症」から一気に解放されました。そうして、一着の安価で地味なスーツを買うのにも、本当に要るのか、何の仕事をするときに要るのかと考えるようになり、要るものしか買わなくなりました。衝動買い（しょうどうがい）は、面白いほどにピタッと止まりました。もう、ストレスの反動で、つっぱって生きていく必要がなくなったのです。

借金をしない範囲での「散財」とは

あの当時買った、きれいな高級スーツは、今も私の部屋に残り、整列して吊るされています。めったに着る機会はありませんが、淋しかったころの私の記念にと、今でも大切にディスプレイしてあります。それらを見るたび、必死に幸せで強い女のふりをしていた自分を思い出し、愛しくなります。

華やかな洋服を着なくても、自分は自分。自分らしさは表現できているのです。

かつて、ブランドのバッグを持つことが、当たり前といえるほど流行り、一点豪華主義で、多くの若い女性が、高級バッグを持ち歩いていました。

「ブランドバッグくらい持ってないと、自分が評価してもらえないみたいな気がして……」

と、取材した何人かの女性が、そう言っていました。高いブランドものを持っていれば、自分も同じように高く評価してもらえると、彼女たちは信じて疑わなかったのです。

私も同じでした。きれいな高級スーツを着ることで、淋しさや弱さを隠せると思っていたのです。確かにそれらの華やかなスーツは、マスコミの作り上げたイメージ通りの「家田荘子」を演出するのに役立ってはくれましたが……。

遠回りをした七年間でしたが、あの「スーツ依存症」時代も、私にとっては必要な経験だったかもしれません。人生一時期くらい、借金しない範囲内で散財してみることは、許されることではないかと私は思っています。中途半端でなく、徹底的にやって学習できたのなら、もう二度とくり返すことはないのですから。

第五章　いいことを考えるといいことがある

一

老人ホームでの恋愛事情

今まで数々の婚活(こんかつ)を取材してきました。二〇代から三〇代の婚活パーティや合コンなどに取材参加したりもしました。

一五年ほど前からは、特別養護老人ホームでの恋愛や結婚について潜入取材をしたり、四〇代以上の婚活パーティや、ツアーなどについても深く取材をしています。最高年齢は、八〇代です。

かつて私が、老人ホームで恋や結婚について取材をしていたころ、ことごとく出版社に雑誌連載や、単行本出版を断られました。理由は「見たくない」でした。「自分の父親や母親が、恋愛や結婚への欲望があると思うだけで、気持ち悪い」とも、よく言われました。欲望というものは、若い（といっても何歳までが「若い」に属するか判りませんが）人だけに存在していいもので、若くなくなると、欲望を持ってはいけない、欲望は存在しえないと、根拠なく考えている人が、どんなに多いか。それを知ったときは、大変なショックでした。

私がまだ、その年齢に達していないのでよく判りませんが、どうやら恋をしたいという気持ちや、好きな人と一緒に暮らしたいといった気持ちは、年齢に関係なく持ち続けることができるようです。

一〇代二〇代のころは、好きと思ったら、欲望のままアプローチし、すぐつきあえることがほとんどです。ところが、四〇代以降になると、お子さんがいたり、離婚歴があったり、資産があったり、介護しなきゃいけない親がいたり……若い人のようにトントン拍子には進んでいきません。それでも今の熟年者用婚活イベントには、とても多くの男女が、出逢いを求めて集まってくるのです。

男性の場合、「とにかく結婚したい。とにかく相手を見つけたい」という人も来ます。「将来、誰かに面倒を見てもらいたい、ひとりでは淋しいから」という人たちです。でも、「誰でもいいから、とにかく……」という下心がうかがえる人の所に女性はやって来ません。

女性の場合は、結婚を求めている人と、茶飲み友達程度を求めている人が多いように思います。このままひとりでもやっていけるけれども、美術館へ行ったり、お花見をしたり、「きれいね」と言いあえるような人がいてもいいかなという人たちです。

年が上がっていくと、女性の場合、若いころと違って、待っているだけでは、カップルになれないという人も多いようです。自分から話しかけていったり誘ったり、アプローチすると、カップルになりやすいと取材した婚活エージェント先が教えてくださいました。

日帰り旅行をしながら婚活をするという、「婚活ツアー」をしているコーディネーターさんは、「参加者の女性は、どの年齢になっても自分が一番、自分が一番きれい、自分が一番かわいいと思っている人が多い」と言います。信じられないと驚きましたが、これが現実だそうです。だから「こんな男の人たちしかいないなんて」とか「私にはあわない」「みんなおじいちゃんすぎる」と、はなから切り捨てたり、諦める人が多いのだそうです。

孤独と向きあえる人は自分を知っている

ひとりでいると、自分の中での思い込みが広がりすぎて、「なに様」が育っていってしまうことがあるのかもしれません。「なに様」ガードを作ってしまうと、同性でも異性でも、いい縁を作ることができなくなってしまいます。孤独と向かいあえる人は、自分をよく知っていますから、「なに様」にはならないと思いますが、恋がしたい、茶飲み友達が欲しいと思ったら、それを望んでいる人たちを否定して、自分が「なに様」にならないでください。

年が重なっていくと、自分自身をよく知っていますから、「なに様」になったり、装ったりせず、素直に自分のことを表現しても、「その人となり」を人から尊重してもらえるものです。本当は、また恋をしてもいいと思っているのに（やぁねぇ。あの年で）などと自分を「なに様」という棚に上げて、お高くとまった上で他の人を否定したり、小バカにしたりしていては、自分が損をするだけです。

恋や人を好きになるのに、年齢は関係ありません。二〇代の人より残された時間が短いことは確かなことなので、恋に限らず、仕事ややりたいことは、待っていないで、遠慮しないで、恥ずかしがらないで、行動に出てください。

自分の人生は、「待ってないで！」

「行い（おこない）」とは、行動をすることをいいます。毎日、この行いを積み重ねていくことを「業（ごう）」といいます。「業が深い」などと、陰口（かげぐち）をたたいたり、バカにして言う人がいます。

私などは、「僧侶になったのは、業が深いからだ」と知ったかぶりで悪口を言われたり、雑誌で叩かれたこともありました。でも、「業」の本当の意味が判れば、「業」って悪いことじゃないと理解できます。いいことをいっぱい積み重ねていけば、「いい業」がいっぱい積み上がっていってくれるものです。自分のやりたいこと、いい行動をいっぱいしていいのです。

でも、なぜかこの世には、運勢のいい人、悪い人がいます。人は、喜びも悲しみも平等に与えられ、仏の光と太陽の光は平等に天から注がれているはずなのに、いい星、悪い星の下にいる人がいます。悪いことが重なり、占いに依存したり、お祓(はら)いに足繁(あししげ)く通う人もいます。

弘法大師空海(こうぼうだいしくうかい)は、「風が吹いて揺れる蠟燭(ろうそく)の炎が、消えないように頑張るのは難しい。同じように、いい星に出逢うことも難しい」と『高野雑筆集(こうやざっぴつしゅう)』に残しておられます。

蠟燭の炎は、風に吹かれると、簡単に揺れて消えてしまいます。私も、遍路でお参りの前に、蠟燭に火を灯すとき、冬は特に、灯台ケースの中で、火のついた蠟燭をあっちにやったり、こっちに移動させたりして、風に吹かれない場所探しをします。せめて拝んでいる間だけでも、灯が消えないで……と、祈りながら。

人生も、ずーっといい星、いい運勢のまま、一生終えることはできません。波風が起こり、蠟燭の炎のように揺れるからこそ、痛みを知って、人と助けあうことができたり、人にやさしくできるのです。

でも、もしかして、いい星が来ているのに、ご縁がそこにあるのに、「でも私は……」と、行動しないで見逃したり、見て見ないふりなどしていませんか？　面倒くさいのか、プライドが邪魔しているのか、頑固さが足かせになっているのか……。

素直にヒョイと、自分の思うまま行動してみてください。よくない星やご縁が来る前に行動したら、悪い運勢にマッチしないで、すれ違うことができます。

自分の人生は、待ってないで、一歩前に出て行動することによって、さらにステキな人生に、自分で変えていけるのです。

二

病気をひた隠しにした理由

体にとても自信のあった私が、かつて病気にかかったとき、「病気というものは、体のSOSサイン」だということに気づけるまでに約一年もかかってしまいました。「無理しすぎだよ」「もう少し睡眠を取って」「もっとお水を飲んで」など、体が時々、サインを出して教えてくれているのに、気づかないふりをしたり、若さや体力で「大丈夫」とごまかしていたりするうちに、ついに体が悲鳴(ひめい)を上げて、病気となって自分の前に現われ、ようやく気づくというものです。

体が悲鳴を上げながら、それでも本人のやる気についていこうと頑張りすぎていてくれることに、体の持ち主は、なかなか気づけません。気づくのが怖くて無視していたり、「私は大丈夫」と体に対し過信(かしん)してきたかもしれません。病気が現われたときは、体に「ありがとう」と言って自分自身に気を遣(つか)う大切な時期なのだと思います。それに気づくのに、私は本当に長い年月と、心の動揺（どうよう）をくり返しました。

私が病気にかかったとき、人には言いませんでした。「こんなことしてて大丈夫?」「休んだら?」「で、お医者さんは何て?」「無理しないで」と、皆に心配されて、声をかけられるのが苦手だからです。行く先ざきで「大丈夫?」「大丈夫?」と悲しげな顔で聞かれることが、かえってストレスになってしまい、病気が余計にひどくなりそうなのです。

声をかけてくださる方も、何と言っていいか言葉が見つからず、余計に気を遣わせてしまうことも、心を痛める原因の一つです。

「お大事に」「頑張ってね」というありふれた声かけは、結構、相手の無責任さや冷たさが鼻につく言葉であるので、私も病気の方に対し言いたくないし、言われたくありません。でも、やっぱり「お大事に」は言われるわけで、その言い方次第で、心が傷つきます。

まわりに余計な心配をされたり、好奇（こうき）の目で見られたり、あるいは「チャンス！　いただき！」と、切り捨て社会のこの国ですから、仕事を奪われてしまう可能性もあるので、私はまったく人に言わなかったのです。ということは、ひとりで病気を受け止め、つきあって治療していくことになります。

まわりに「大丈夫?」「大丈夫?」と声をかけられたり、温かくしてもらいたい人も多くいます。でも私の場合は、今まで通り治療をしながらも普通に仕事し、普通にすごしたかったのです。「大丈夫？」「大丈夫？」と言われて何と答えたらいいのか。結局は、どんな体の状態であっても、「大丈夫です」としか、私なら答えないと思います。

エイズ患者（かんじゃ）さんと接したときの不安

そこでまた私の答え方によって、相手がイヤな思いをされたり、その次にその人の返す言葉に私がイヤな思いをしたり、心の冷たさを感じてしまったり……そうするとまた、ストレスがたまって余計に病気になってしまうのです。まわりの人の反応によって、しっかりしていた自分の心まで揺らいだり、不安になったり、落ち込んだりすることも起こります。

自分の体のことや仕事のことを考えたいのにまわりの人々への気遣いもしなくてはならなくなると、心への負担がかかりすぎます。こんなややこしいストレスを請け負わなくてすむためには、ひとりで病気と向きあうことです。

仕事や生活など、スケジュールの面で支障（ししょう）をきたすときは、本当に信頼できる人にだけ話をして協力してもらい、あとは今まで通りに接してもらいます。その代わり、病気だからといって、ペナルティは望めません。

かつて私は、ジョージア州アトランタ市で、エイズボランティアをさせていただいていました。ところが、私は、ボランティアをしようと決心する前まで、エイズ患者さんにどう接していいか判らなかったのです。注意するのは血液・性行為・母子感染だけで、日常の生活での接触では感染しえないのに、日本では「受話器で感染する」「握手で移る」「便器で移る」と言われていた時代です。

私は、エイズセミナーでスピーチをしてくださった白人の同性愛者でエイズ患者さんの男性に、悩んだあげく、「私は、どうあなたに接したらいいですか？」と、正直に尋ねてみました。

「普通に」

と、彼は言いました。

「エイズ患者の○○さんでなく、今まで通り普通に変わらず接してくれることが、病人にとって一番楽なんだよ」

と言われて、簡単そうに聞こえるけれども、病気の人に対して「普通に」接することがいかに難しいかを教えられたことがあります。私も病気の時は、普通にすごしていきたかったのです。大変な重篤な場合は別ですが、休みを最短でおさえて治療し、あるいは治療をしながら、仕事をしなくてはいけない人、仕事を続けていきたい人も大勢いるのです。経済的に自分で自分を支えなくてはいけない人はなおさらです。医師とよく話しあいをし、治療法を選ぶことも大切だと思います。

病気のときこそ、同行二人（どうぎょうににん）する

ひとりで医師と向かいあい、ひとりで受け止め、ひとりで入院したり治療に通う……。病気の時も、体と同行二人したい自分がいます。厳しい道のりかもしれませんが、気持ちは楽です。人からの言葉によって、気持ちが揺らいだり、弱くなったりしませんから。心を強く持ち続けられます。強い人なんて、ひとりもこの世にいません。人は弱い生き物です。でも心を強く保とうとする努力はできます。ひとりなら、たとえくじけそうになっても、この姿勢を崩さないし、崩されもしません。

　次から次へと、多くの方にお見舞いに来てほしい人、医師にひとりで会えない人、皆に「大丈夫？」と心配してもらいたい人は、孤独（こどく）に弱い人かもしれません。そういう人は、病気であることを人に告げ、人に囲まれ励（はげ）まされて乗り越えていくのだと思います。

自分の体と向きあい、自分自身を見つめ、自分の体のことをまず考えてあげられれば、決して淋(さび)しくもひとりぼっちでもありません。第一、人に知らせなければ、人に見せたくない病気中の自分の姿をさらさなくてすむのです。まわりに過剰(かじょう)に気を遣わず、ありのままの自分で、素直に病気と一緒に歩んで行けます。そうすると、体のことがとても愛しく、そして頼もしくも思えてくるものです。

多くの人々が今、病気と一緒に生きています。だから「病気になったときのことを考えるとひとりでは……」と、無理して恋人や夫を作ったり、友達を探したり、離婚を我慢したりする必要はないのです。

私たちは、体という器を借りて生まれてきます。心がときどき、落ち込んだり、傷ついたりするように、体も年齢を重ねていけば、あちこち痛んだりしても当たり前のことなのです。人も心もものも、この世に存在する何もかもが、ずっと同じではいられないのです。でも、大丈夫です。病気になれば病院があります。今の日本の医療なら、すばらしいケアをどこでも受けられます。入院したとしても完全看護で、ケアをしてくださいますし、必要なら介護士さんをお願いすることもできます。だからひとりでも大丈夫です。まずは体が悲鳴を上げる前に、早期発見できるよう人間ドックなどの検診は、若いうちから毎年受けてください。そして何かあったときのために、自分が行きたい病院も見つけておいてください。

孤独を選ぶなら、孤独なりの病気に対する準備や心構えが若いうちから必要です。懐が淋しいと、心も淋しくなりますから、病気関係の保険に入ったり、銀行預金やタンス貯金をしたりと、万一の出費のために今から備えておいてください。

三

終活に向きあってみませんか

「○○が途中だし、○○もやり残しているし、私がいなくなったら、仕事はどうなるの？」
執着があると、命の幕を閉じるときがまさに今、来ていたとしても、生にしがみつくことでしょう。

あなたも、この世の過去と未来をつないでいる大切な人です。でも人は、いつかは肉体と離れるときを迎えるのです。

年を重ねてくると、「四苦八苦」の四苦である「生老病死」の「生まれる苦しみ」以外の苦しみが増えていきます。特に「老いる苦しみ」を考えると、ひとりでは淋しいのではないかなどと余計な心配をしすぎる人もいます。

それは、いつかやってくる命の幕を閉じるときに対して、自分が逃げている、あるいはあえてまったく考えていないからだと思います。

年齢に関係なく、「終活」に、正面から対面してみませんか？「終活」とは、人生の幕を閉じるときのための準備活動をすることですが、まだ早いということはありません。なぜなら、私たち人は、自殺以外、いつ、どこで、どのようにして、どんな命のフィナーレを迎えるか、知らないからです。終活とは終わりではありません。「そのときが来るまで、今どう自分が生きるか」というポジティブな活動なのです。

「エンディングノート」というものが、二〇〇三年に誕生しました。終活のお手伝いをするノートで、書店にも売っています。自分の歴史や、人脈、夢などについて書くページや、銀行口座、保険、不動産など財産について書き留めておくページ、そして、希望する葬儀（そうぎ）や介護などについて書き残しておくページなどもあります。

私は、常に前を向いていたいので、自分の歴史や過去を書くページについては、省略しています。それでまず、保険やカードなど、財産について書き残しておくページに一つ一つ書き記していきました。ところが、保険証券や、しまい込んだままの通帳を一つ一つ見ていくのは、予想以上に大変な作業で、一度にやろうと思うと、かなりのストレスになって、終わったときには疲れきってしまいました。エンディングノートは、無理をしないで、楽しみながら思いついたときに、少しずつやっていくことがコツだと思います。

不思議なことに、このエンディングノートを完成させるだけで、凄い安心感が訪れるのです。これでいつ命の幕を閉じるときが来ても、私は安らかにそのときを迎えられる……そう思うと、将来ひとりで生きることになったとしても、淋しさや心細さに苦しめられずに、最後の最後まで、楽しんで生きていけそうです。自分が命の幕を閉じた後の心配をしなくてすむからです。エンディングノートを一冊書くだけで、これほど心が満たされるなんて、とても不思議ですが、きっとエンディングノートを書きながら、いつの間にか自分自身と向きあっていたのでしょう。

準備していれば怖さはなくなる

私たちは、毎日、時間や仕事や家事、恋、介護など、いろんなものに追われています。結構忙しくて、なかなか自分と向きあうチャンスが作れません。

エンディングノートを作成するという行為は、自分自身と向かいあい、長年連れ添った自分自身を改めて知って理解するということでもあると思います。自分自身のことを整理して知ることができたら、執着心から解放されます。自分という愛しい友達ができたような気持ちにもなります。そうしたら老後、淋しさに苦しみもがくかもという心配をしなくてすみます。人には、肉体といつか別れなくてはいけないときがきます。そのときのために、しっかり準備をしておけば、いつかくるそのときも怖くはありません。

最初で最後の肉体との別れのとき、その瞬間をどう迎えるか、私はある意味、経験がないだけに楽しみでもあるのです。

私は、人が幕を閉じるその瞬間を看取ったことが何度かあります。「そのとき」の一時間ほど前から、大きな観音様（かんのんさま）が別れ逝（い）く人の枕元に立たれ、（うわぁ……）と私が内心、驚いているうちに、観音様が手を下方の人に向けて出されました。（ああ、いよいよお迎えが来てしまった……）お別れの悲しみから私の目から涙がこぼれ始めました。でも、同席している人たちは、お別れのときが迫っていることを知らないわけですから、まだ先のことと、普通にしています。

（まだ大丈夫。まだ観音様の手を取っていないから大丈夫……）と、私は観音様の手から目が離せません。そして、ついに観音様の手をその人が握った瞬間、観音様は消えて、命の幕を閉じた肉体だけが、ベッドの上に横たわっていました。そうして見守っていた人たちが死を理解して泣き始めましたが、そのとき、私はもう泣き終わっており、ただただ大きな観音様の立たれていた壁を見つめながら、「ありがとうございました」と合掌していました。

観音様の手に導かれて未知なる世界へ行けると判った私は、死が怖くなくなりました。そして、観音様が迎えに来てくださるくらい、その人が生前、よい人だったということも、そのとき、再認識（さいにんしき）したのでした。

ある人のときは、本当に恐ろしい顔と姿をした死神が迎えに来たのです。死神って、本当にいるのだと、体が固まってしまいました。善良そうな顔をしていたその人が、実は腹黒い、あまりいい人ではなかったことをそのとき、初めて知りました。

エンディングノートを書いていると、まだしていないこと、そして将来の夢やこれからの目標などにも出会えるかもしれません。やることがどんどん増えて、時間が足りなくなってきます。そうすると、将来に対する不安や怖さ、そして孤独への恐れなどが、小さくなっていき、その代わりに今したいこと、将来しておきたいことなど、新しく生まれた目標や夢が、どんどん大きくなっていきます。それで、さらに元気や意欲が湧いてきます。

淋しくなんかありません。だって生まれたときから「同行二人（どうぎょうににん）」をしている肉体と、ずっと一緒なのですから。

四

遍路は懺悔の旅ではない

芸能人や有名人が、何かしでかすと、マスコミはすぐ、「遍路へ行くんじゃないか」と、軽く結びつけて騒ぎ立てます。遍路をしている者にとっては、迷惑な話です。遍路は、何かを摑みに行く前向きな一歩だからで、懺悔のために皆がしているわけではないからです。

たとえ遍路をしたとしても、マスコミが追ってくるでしょうから、「ひとり行」なんてステキなことはできません。

逃げで遍路ができないように、孤独も逃げではできないと思います。

「あの人は、友達もいないし、孤独な人よ」

悪口のようにさげすんで言う人たちがいます。だから何なのでしょうか？ 孤独が怖い人ほど、人に媚びてでも人に一緒にいてもらおうとします。嫌な人でも、くっついていたり、別れたいのに我慢をし続けて苦痛を抱えている人もいます。そういう人たちほど、孤独をあざ笑ったり、あえてバカにしたりして、自分の中にある怖さを振り払っているのです。

でも「ひとり」は、怖いものではありません。わずらわしいことや、しがらみから逃げているわけでも決してありません。

会社や学校や地域の中など、狭い世界での争いごとなどを見ていると、ふと、天から見たら私たちはどう見えているのかしらと思います。そうすると皆、ちっぽけで、生命のあるもの、人も木も花も動物も皆同じと思えるのです。だったら、狭い世界の中で、くよくよしたり、悩んだりしても、どうせ五十歩百歩。私の中だけで苦しんでいても、私だけが辛いだけと判ってきます。ならば、どうせ考えるなら、悪いことよりいいことを考えようと……。

大欲(たいよく)を持ちましょう

弘法大師空海(こうぼうだいしくうかい)は、同じ欲でも小欲でなく大欲なら持っていいとおっしゃいます。小欲とは、自分の欲望や、我儘(わがまま)です。大欲とは、人のためになることで、たとえば皆が幸せにすごしてほしいとか、平和な世の中であってほしいとか、災害が起こらず、穏やかに皆が生きていってほしいとか、大きな望みのことです。皆の幸せを願うこと――これが大欲なのです。

あっちこっちの神社やお寺に行っては、あれこれ祈願している人たちがいます。しかも祈願しっぱなしで、お礼参りをしていない人たちが、とても多いのです。

細かい自分のお願いをするより、大きなこと、つまりは皆のことをお願いすれば、その中に自分のことも含まれていることになります。命がある者たちは皆、天から見たらちっぽけで同じと判れば、自分だけでなく、他の命のことも大事に思えてきます。だから遍路や霊山で歩いていて、出逢った花や虫や動物に、自然と声をかけているのです。「きれいだね」「あっ、そっち行ったら危ないよ」「なんて名前？」自然や、命相手に声をかけると、とっても楽しいです。

自分のまわりには命ある者が大勢います。孤独とは、自分も、そしてまわりの命ある者たちも見捨てず、大切に思うことだと思います。

悪いことを考えていれば悪いことが寄ってくる

弘法大師空海の書かれた『秘蔵宝鑰』に、「煩悩の原因、つまり因縁は、いっぱいあります。だから、その煩悩から離れられる原因や方法も、いっぱいあるのです」

と、書かれています。

私たちの人生は、嬉しいことや楽しいことだけではありません。苦しいことや悲しいこと、辛いこと淋しいこともいっぱい起こります。そこから逃げたいと思えば思うほど深みにはまっていきます。因縁というと、とかく悪く思われがちですが、実は因縁というものは、悪い原因だけでなく、いい原因もあるのです。

私の人生は、波風が多いので、平穏な日々が続くと（私の人生、こんな平和なわけがない）、幸せに浸れない癖（くせ）がついてしまっています。だから今に悪いことがドーンと起こるんじゃないかと、覚悟したりもしています。それは自分自身にというよりも、自分のまわりに何かが起こって突然、私にふりかかってくることがとても多いからです。本当に悪いことが起こったとき、ある程度覚悟しておけば、苦しみが減るのではないかという下心あってのことです。

でも、悪い方にばっかり考えていれば、悪いことが寄ってくるのは当たり前です。いいことを考えるように努力をすれば、いい因縁も向こうからやってきてくれるというものです。

因縁について、はなから拒絶したり、嫌がったりしないで、素直に受け入れてみてはどうでしょうか？　求めたら、必ず手が差しのべられます。求めるからには、あなた自身が素直で誠実な人となって、その手を掴むのです。自分を見捨てず、温かな手をぜひ取ってください。だからといって自分の守りたいことや大切にしたいものが崩れるわけではありません。自分を見捨てなければ、ひとりぼっちでも、孤独でも、それは苦痛にはなりません。

暗い方に背を向けて、明るい方を向く

私には、子どものときからのプライベートな写真がほとんどありません。残しておきたくなかったからです。子どものころから辛いことや苦労の連続でしたので、写真を見たら、そのときのことを思い出してしまいます。封じ込めるために、思い出す材料を失くしたかったのです。

同窓会などの催しにも参加していません。そのころに戻りたくないからです。

「戻れるのなら、いつに戻りたい？」

と、私は取材のときに相手に尋ねることがあります。でも私には、過去の中に戻りたい

地点がありません。

過去に戻りたくないからといって、決して無責任にやりっ放しで生きてきたわけではありません。ただ、「昨日より今日の自分の方がいい」と、毎日を積み重ねてきただけです。

仕事を一つ取っても、これまで本当にいろいろなことがありました。まだ女性が働くことが珍しいマスコミ男性社会で、フリーライターの仕事をいただき、たまたま時代とマッチして、作品が映像化された……。「小娘が！」とよく言われました。無名の小娘が「極妻」の映像化で、急にスポットライトを浴びたわけで、バッシングも半端ではありませんでした。

何度も何度も神経が壊れ、ボロボロになっているのにまた叩かれる……。私に限らず、どの職場でも働く女性は大変だったと思います。

私は、ずっと前を見つめて歩いてきました。昨日をふり返ったら、あまりに辛いので、前を見つめ、「明日こそ大丈夫」と、明日に期待するしかなかったのです。

そういう私でしたが、僧侶になった後、弘法大師空海の素晴らしい言葉を知りました。「背暗向明」です。暗い方に背を向けて明るい方を向きましょうといった意味です。

四国八十八ヵ所の中で、一番高い約９１０メートルの高さに位置する六十六番札所雲辺寺（香川県）に向かう山道はとても淋しいです。

暗い山道の中にひとりで入っていくと、不気味で怖いので、早く明るい所に行きたいと、脇目もふらず、前を見つめてまっしぐら、がむしゃらに早足で登っていきます。

雲辺寺の山道に限らず、修行で暗い山道を歩かなくてはいけない山は沢山あります。

（こんな道、二度と御免！）

と思いながら、一分でも早く、この暗い道から抜け出せるよう、私はいつもゼイゼイハアハァ苦しいのに、光の差す明るい頂上を目指し、夢中で歩いています。

明るい方へ明るい方へ……と思いながら歩いているうち、「背暗向明」という言葉が浮かんできて、この修行は人生と同じなのだと教えられます。

辛いこと、悲しいこと、苦しいこと、淋しいこと……誰もが人生で出逢います。そういうことが起こると私などは、特に会話が苦手なだけに黙り込み、暗い家の中に閉じ籠ろうとしてしまいます。誰とも喋りたくない、この顔、誰にも見られたくない。「どうしたの？元気ないね」などと、相手に気づかれるくらいなら、この顔を家の中にしまっておこうと思います。

でも、そういうときこそ、あえて明るい方、家の外へ一歩踏み出すのです。そうすると楽になります。外に出て、太陽の光を浴びたり、風に頬（ほお）を撫（な）でつけられたり、大雨にずぶ濡（ぬ）れにしてもらったりすると、自然のエネルギーがシャワーのように体に降り注いできて、少し元気になれます。辛いときに明るい方を向き、一歩前へ出ることは、とてもとても大変で難しいことですが、暗い所に閉じ籠っていても、少しも楽にならないし、自然のエネルギーをいただくこともできません。

一歩外へ出て、自分を取り囲んでくれるものたちから、パワーをいただいてしまうのです。暗い中に閉じ籠っていては堂々巡（どうどうめぐ）りのままです。

とにかく笑う

もし人に「どうしたの？　何かあったの？」と心配されたら、サラリと本当のことを答えて、苦笑でもいいから、とにかく笑うのです。涙が出そうでも笑う努力をします。それが「背暗向明」への一歩です。短くズバリ言えたならば、その大変さに相手が、何と言っていいか判らず、引いてくれちゃいます。先に言ってしまうと、必死に隠して守らなくてはいけない苦しみから解放されます。隠そうとすればするほど、面白がって、ズカズカと土足でしつこく入ってくる人がいるものですが、オープンにしていれば、それで終わり。

それ以上は聞かれません。

自分が背負っている苦しみから逃れるには、どうにかして自分で乗り越えるか、自分の心の持ち方を変えて、「苦しみ」と解釈（かいしゃく）しないようにするかだと思います。苦しい、辛い……は、自分の心の中だけで起こっていることだからです。

人に相談して、アドバイスを受けたりして心が癒（い）やされるのなら、それもいい方法です。でも最後、決めるのは、誰でもなく自分です。いろいろと人から言葉をもらい、心が揺らいだりするかもしれません。また「こうなったのも○○のせい」と、人を恨むことで頑張って生きていく人もいるかもしれません。でも、ネガティブな方法での解決に明るい将来はきません。結局はひとりで決心し、ひとりで乗り越え、その先にある安らかな境地（きょうち）を摑（つか）むのです。そのときまで決して諦（あきら）めたり、ヤケになったりしないでください。

人それぞれ、辛さや苦しみの大小、深い浅い、重い軽いなど、受け止め方は違います。どんなに小さくても、簡単には心の中から出ていってくれません。でも、明るい方を向こうという気持ちが常に心の中にあれば、「背暗向明」と同行二人（どうぎょうににん）で、歩んでいけます。これまでもそうだったように、そして、これからも……。

著者略歴

愛知県に生まれる。作家。高野山真言宗僧侶。高野山本山布教師。行者。日本大学芸術学部を卒業し、女優など一〇以上の職業に就いたあと、作家に転身。

一九九一年『私を抱いてそしてキスして――エイズ患者と過した一年の壮絶記録』（文藝春秋）で、第二二回大宅壮一ノンフィクション賞を受賞。二〇〇七年高野山大学で伝法灌頂をうけ僧侶となり、同大学大学院修士課程を修了する。

著書には映画化された『極道の妻たち®』（青志社）、『犯罪少女』（ポプラ新書）、『四国八十八ヵ所つなぎ遍路』（ベスト新書）、『女性のための般若心経』（サンマーク出版）、『昼、介護職。夜、デリヘル嬢。』（ブックマン社）など多数がある。現在も執筆と取材の他、山行、水行、歩き遍路を欠かさない。高野山奥之院、または総本山金剛峯寺に駐在し（不定期）法話を行っている。

孤独という名の生き方
――ひとりの時間 ひとりの喜び

二〇一七年二月一三日　第一刷発行

著者　家田荘子
発行者　古屋信吾
発行所　株式会社さくら舎　http://www.sakurasha.com
東京都千代田区富士見一-二-一一　〒一〇二-〇〇七一
電話　営業　〇三-五二一一-六五三三　FAX　〇三-五二一一-六四八一
編集　〇三-五二一一-六四八〇　振替　〇〇一九〇-八-四〇二〇六〇
装画　古屋亜見子
装丁　アルビレオ
編集協力　岩下賢作事務所
印刷・製本　中央精版印刷株式会社

ISBN978-4-86581-088-2